荷物持ちの脳筋無双

2

ちるとchiruto

ill こるり koruri

第一王女・イザベル・ベネディクト
第三王女・アテネ・クー

第四王女・メアリー・リーリエール
チエ
第二王女・マリア・クロウウェル

「う、うん、グラス前に出して」
コポポポ……シュワアアと泡立つ音。
ミオは前かがみになってお酒を注ぐ。
前かがみになると
胸のボリュームが丸わかりになり、
長い谷間がさらけ出される。
「う……恥ずかしい」

「ぷは」
口を離すと。
リュックくんは顔を真っ赤にしていた。

「リュックくん。大好きだよ。
……だから勝って」

CONTENTS

荷物持ちの脳筋無双2

ちると

講談社ラノベ文庫

イラスト：こるり
デザイン：百足屋ユウコ＋小久江厚（ムシカゴグラフィクス）

「【最強騎士団】は、ネーミングセンスは皆無だが、実力は本物だ」

そんな評判が、冒険者を中心に街中で広まってきた。

たしかに俺たちは順風満帆に思える。高難度クエストもクリアしている。

だが、パーティーを組んだ本来の目的である「ミオの御守《おまも》りの強さを証明する」には至っていない。

だから、俺は今日も冒険者ギルドで右往左往する。

「……いくら高難度のクエストを受けても、頭打ちになる気がする」

冒険者ギルド内をぐるりと見渡しても、良いクエストがない。

ないというより、クエストを受けても御守りの評判自体は上がらない。

【最強騎士団】の評価が上がるだけだ。

頭を悩ませる俺のもとに、誰かが駆け寄る足音。

「聞け！　リュック・ストレイジ！　王都に行くぞ！」

あまりの大声から来る音圧に、俺の手からクエストの紙がハラリと落ちる。

声の主はクロエ。

女騎士、クロエ・フォン・ファルマンだ。

クロエは肩を左右に振り、銀色のサイドテールを嬉《うれ》しそうにゆさゆさと揺らす。

「驚かせないでよ。まるで遠足前の子どもみたいだ」

「子ども？　この妙案を聞いても同じことが言えるか？　ふふふ」

クロエは後ろ手に何か持っている。紙がチラチラと見え隠れしていた。

「で、それなに？」

「ん？　ん？　これか？　この紙がそんなに気になるのか？」

クロエは隠していた紙に気づいて欲しかったらしく、みるみる笑顔になっていく。

彼女には、俺に対して常に優位に立とうとする悪い癖がある。

そんな姿を見ていると、こちらも素直に聞く気が失《う》せてしまう。

「いや、特に興味ないけど」

「何ィ⁉　興味がないだと⁉」

「ところで、今日はA級クエストに挑戦しようと思っているんだ。クロエはどれがいい？」

「ちょっと、ちょっと！　それはないだろう、リュック・ストレイジ！」

「……で、どれがいい？」

「くうっ……！　ひどいぞ！」

クロエは顔を真っ赤にして、腕を前でブンブンと振る。

そのせいで隠し持っていた紙がしわくちゃだ。

クロエは痺《しび》れを切らしてそれを俺の眼前に突きだした。

ん？　なになに？

『王都の商業区域を盛り上げよう！　今なら期間限定で開店資金の八割支援！　第二王女マリア・クロウウェルより』

すごいことが書いてあった。

八割支援は太っ腹にもほどがある。商売人なら垂涎《すいぜん》ものだろう。

「な？　な？　すごいだろう？　ミオ殿は常々御守りのお店を開き、御守りの強さを証明したいと言っている！　好機だとは思わないか？」

クロエの鼻息で紙がヒラヒラ踊る。

「王都はすごいぞ！　我もな、話でしか聞いたことはないが、魔法技術や剣術、商業、あらゆる分野のエキスパートが集結している！　一万人客が入る闘技大会もあるらしい！　出場して視線を集めてみたくないか？」

彼女の瞳が輝いている。

「……それって単にクロエが王都に行きたいだけなんじゃ？」

「そ、そ、そんなわけないだろう！」

図星だったらしい。目を泳がせている。

「我はいつも【最強騎士団】のことを考えている！　都会に出て広い世界を知りたいなどと、いかにも箱入り娘のような欲望は持たぬわ！」

「この前まで生粋の箱入り娘だったくせに」

1

俺は冒険者ギルドにミオ、キューン、アリシアを呼び出して、クロエの提案を伝えた。

しかし、いくつか反対意見が出てしまった。

最初に手を挙げたのは、アリシアに仕えるメイド騎士のキューンだ。

「意見をいいですか？　私は王都に行くのは反対です」

「キューン。どうして？」

「こほん。王都ワルドヘルツは、スキル至上主義を極めた都市で、強いユニークスキルを持つ者を優遇し、発展し続けてきた歴史があります。もちろん私は皆様が強いことを存じていますが、不必要な迫害を受ける可能性がありますよ？」

次に口を開いたのはミオ。ぎゅっと御守りを握っている。

「私も、最初は王都でお店を開こうとしたんだ。でも旅の途中で何度も『王都だけはやめとけ』って言われたよ？」

俺は腕を組んだ。

「俺たちの拠点、ハーゼルゾネットはスキル差別が少ない場所だもんね。アリシアはどう？」

二百センチを超える巨軀《きょく》を持つ女騎士アリシアは、ただ微笑《ほほえ》みながら、愛用武器のハルバードを研いでいる。

「……殺し合いできるなら、どこでも行く……」

相変わらずアリシアはおっかない。

アリシアを除いて、パーティーのみんなは乗り気ではないようだ。

「なら、この話は一旦保留で……」

「そんなぁ！」とクロエが悲しそうな顔をした。

そのとき、ミオが立ち上がる。

ガラッ。

「……でも、いつまでも臆病じゃいけないと思う。王都でお店を出したい！」

「ミオ様、いいのですね？」

キューンの問いかけに、ミオはこくりと頷《うなず》いた。

「この前ね、お父さんからこんな手紙が届いたんだ」

ミオは一枚の手紙を机に置いた。

「『【御守り作り】の強さを証明する旅なんて、無駄だ。もっと自分のために人生を費やせ』って……私それで悔しくなった。だから王都で店を開きたい！」

その目はただ真《ま》っ直《す》ぐ未来を見つめている。決意に彩られた目だ。

俺はふと、その目に危うさを感じた。

焦りが自分自身を押しつぶさなければいいのだけれど。

そう思っていると、ミオの決意に茶々を入れるように、奥にいたギルド長の声が届いた。

「いいのかい？　ワルドヘルツには特大おだんごを売ってるお店はないぜ」

「えええええ⁉」

ミオの顔はみるみる真っ青になっていった。

「うそですよね！　だって王都はハーゼルゾネットよりも何十倍も大きいんですよ？　おだんごだってもっともっと大きいはず‼」

「ないよ」

「そもそもギルド長は王都におだんご屋がないって証明できるんですか⁉」

「王都から来る奴《やつ》は皆、あの店のだんごを見て、気味悪がってるぜ」

「んんんん……くぅううう！」

ミオの拳が強く握られる。今にも決意がブレて泣きだしそうだ。

俺の心配は杞憂《きゆう》だったようだ。むしろいまにも消えそうな決意を、俺が支えないと。

俺はミオの頭をぽんぽんと撫《な》でた。

「ミオの気持ちはわかった。行こうね、王都」

「…………………はい」

翌朝、ミオは大泣きをしながらハーゼルゾネットに別れを告げた。

2

【最強騎士団】は馬車に揺られて王都を目指す。

前部座席にアリシアとクロエ。後部座席には俺とミオとキューンが座っている。

前部座席は進行方向と逆を向いているため、皆が対面している状態だ。

しかし一人だけ対面していない者がいた。

ミオだ。

ミオは座席に膝立ちになり、遠くなっていくハーゼルゾネットをただ眺めている。

おだんごに未練タラタラだ。

少し経《た》って、俺はふと浮かんだ疑問をキューンに投げかけた。

「ところでキューンは王都に行ったことはないの？」

「え？　なぜ私にだけ訊《き》くのでしょうか？」

「ほら、キューンのユニークスキル【En:Portals《ポータルズ》】は瞬間移動が可能だろう？」

「そうですね。しかし、私は王都を訪れたことがありません。【En:Portals】は一度行った場所にしか行くことはできないので今は馬車で移動するしかありませんね」

「それにしても強いスキルだよね。冒険者だったらもっと名を馳《は》せてそうだけど」

キューンはわざとらしく自分の肩を叩《たた》く。

「強いスキルというのも悩みものです。現に私はこのスキルのせいでアリシア様に毎日毎日強敵と戦うために駆り出されたりしますし……とほほ」

アリシアはキューンを優しく見つめる。

「この後も……暗黒竜の洞窟……行くから……キューンよろしく……」

「とほほ……A級モンスターの巣窟じゃないですかぁ。命がいくつあっても足りません」

俺は肩を震わせる。

「こう毎日ダンジョンに向かわせられるのは、恐ろしいな……」

キューンは汗を手で拭い、俺にだけ聞こえるように呟《つぶや》いた。

「………私が平穏に生きられているのは、皆さんのおかげなんですけどね」

どこか優しい顔だった。

「何のこと?」と俺が返そうとしたその瞬間に、ミオが急にキューンに飛びついた。

バッ!

「……キューンちゃん」

「ど、ど、どうしました?　ミオ様」

くいっ。

キューンのエプロンの裾をミオがくいくいっと引っ張っている。

おとなしい幼子が、お母さんに何かを知らせるように。

何か深刻な問題でもあったのだろうか?

「あのね……」

「はい、どうしました？」

「………キューンちゃんのスキルで、たまにハーゼルゾネットに戻っておだんご食べさせて欲しい」

「はい？」

深刻なのはミオの食い意地だった。

「も……もちろん迷惑だったらいい……我慢はできると思う」

申し訳なさそうに言うミオの頭をキューンが撫でる。

なでなでなでなで。

「わっ、なんで撫でる」

キューンは恍惚《こうこつ》な顔をしてミオを撫でた。

「はぁ、ミオ様のおねだりはあざといです！　私が男だったらイチコロでした！」

「え…… いや、あざといとか、そういうのとは違う」

「ッいいですよ！　ミオ様の頼みなら、いつだってハーゼルゾネットに連れていきますよ、でも一つだけ交換条件です」

「交換条件？」

ミオは顔を傾ける。

そこにキューンが興奮ぎみで顔をずいっと近づけた。

「リュック様とのキスを見せてください！」

「「ええ！」」

俺とミオは顔を赤くしてしまった。

キューンは理知的でマジメだが、人の恋愛話となると容赦なくズカズカ来る。

「声合わさって息もピッタリ……はぁ、さすがアツアツカップルです！」

キューンのせいでなかなか言い出せないんだよな。

……俺とミオは、偽装カップルであることを。

「ど、どうしよう……」

ミオは俺の顔を覗《のぞ》くように見つめる。恥ずかしさで耳まで真っ赤だ。

皆の前ではカップルという設定。普段は意識しないようにしている。

だって、よく見ると……いや、よく見なくても、ミオはすごく可愛《かわい》いからだ。

俺と不釣り合いなほどの美少女と恋人設定だなんて、なんだか申し訳ない。

こちらまで恥ずかしくなってしまう。

「あ、リュックくん、顔そらした」

「いけませんよ！　リュック様、恋仲ならもっと見つめて！　そしてあわよくばキスを！」

「皆の前で恥ずかしいよ、それに――」

クロエがさっきから鋭い眼光でこちらを覗いてくる。

そう。偽装カップルの話をするとクロエがなぜか食いついてくるのだ。

「……リュック・ストレイジ。お姉様の次はミオ殿か、節操のない男め」

ゴゴゴという音が聞こえてきそうだ。

「だからアリシアとの婚姻はアリシアが無理やり取り付けたんだって！」

アリシアは天使のような笑顔で、親指を立てた。

「旦那様とは……殺し合いできれば、それでおっけー……」

もうめちゃくちゃ。

こんな調子の会話が、王都ワルドヘルツにたどり着くまで続いた。

「あ……そうだ！」

ミオは急に目を輝かせる。

「ワルドヘルツにはマリア様がいた……！」

「マリア様？　世界の商売人としても名を馳せている第二王女のマリア？」

ミオは大きく何度も頷く。

「私、ファンなんだ！　ほらこの目の赤いメイクもマリア様のメイクを真似《まね》したものなの」

「へぇ、ミオってミーハーなんだね」

マリア様は辺境でも人気者の王女だ。才色兼備で容姿端麗。

商才に恵まれ、国は潤い、常に国民に笑顔を見せる完璧な王女だとか。

そのエレガントさからか、彼女には熱狂的なファンが多い。

世に出回るぬいぐるみやポスターなどのグッズが多すぎて、彼女を知らない人など存在しないのではないかと思うほどだ。

ワルドヘルツの渉外役としての務めも果たす。まさに国の顔。

「もしかしたら、歩いているところをチラッと見られたりするかな」

ミオは鼻息を荒くした。

キューンが優しく返答する。

「ふふ、見られたらいいですね」

キューンがミオに向ける視線はまるでお母さんだ。

「ワルドヘルツはマリア様だけではないぞ、国王も大した人物だそうじゃないか」

クロエが腕を組んだ。

「ミカド・ワルドヘルツ。お父様がワルドヘルツにいた時期があってな、国王をこう評していた。『彼は国民のために常に燃えている男だ』と」

「俺もポスターくらいでしか見たことないけど、一度見てみたいな、国王」

ワルドヘルツに想《おも》いを馳せて、馬車はガタゴトと揺れた。

3

たくさんの丘を越えて、森を抜けて、突然現れたのは、建物の山。

「わぁ……」

見る者全てに感嘆の声を漏らさせる。そんな巨大都市が突然現れた。

「どうだすごいだろう。あれがワルドヘルツだよ」

御者はしたり顔で言った。

奥には大きな港、特大の船が何十隻も何百隻も停《と》まっている。

その右側には、二階建てや三階建ての建物が果てしなく立ち並んでいる。

丘の高いところから都市を見下ろしているハズなのに、街並みがどこまでも遠くに続いていて終わりが見えない。

「テントが並んでいるあそこは商店街かな。あの建物が規則正しく立ち並んでいるエリアはきっと居住区だ。一番奥に見えるあの尖《とが》った建物は、王城の尖塔《せんとう》だね」

さすが大都市だ。スケールが違う。


馬車が橋を渡り、堀を越えて、王都の入り口前で止まった。

何人もの槍《やり》を持った憲兵がこちらに寄ってくる。

いずれも王都に似合う、豪華な装飾の鎧《よろい》を纏《まと》っていた。

「失礼。【スキル鑑定】、いいですか？」

「え？」

カッ。

こちらの返事も待たず、目の前は青白い光に包まれた。

「何ですかこれは！」

憲兵はため息を漏らす。

「はぁ、【荷物持ち】【御守り作り】【鋭敏】……か。ではこれを胸にあてろ」

憲兵に手渡されたのは一枚の花びら。

ミオ、クロエ、そして俺が、言われるがままそれを胸にあてると、その花びらは服にぴたりとくっついた。

「その花びらには付着の魔法がかけられている。大事にしろ。紛失すれば王都から追放だ」

憲兵の口調はどこか荒々しい。

「続いてあなた……【鈍重】ですね。ではこれを胸に」

アリシアに渡されたのは二枚の花びらが重なったもの。

憲兵たちは軽くおじぎをした。

「ワルドヘルツへようこそ。それは我々からの歓迎の証《あかし》です。恥ずかしいことですが、それを胸に付けるだけで、やっかむ者もいます。くれぐれもご注意を」

「……な！　我々と全然態度が違うではないか！」

「クロエ！　今は穏便に」

飛び掛かろうとするクロエの肩を摑む。

「ユニークスキルだよ。スキルの強弱によって扱いが違うのは仕方ないよ」

「……ふ、ふん。お姉様が良い扱いを受けているのは悪い気はせんがな」

クロエは馬車に座り直す。

ひと悶着《もんちゃく》を起こさずに済んだと、胸を撫でおろしていたところに、憲兵の一人が馬車の縁に肘を置き、クロエに向かって言う。

「へいへい、《一枚花》は心に余裕がないねぇ」

感じの悪い顔が兜《かぶと》越しに見えるようだった。

「……何？　我は由緒正しいファルマン家だぞ⁉　余裕がないとはなんだ！」

「立場をわきまえろよ、ほら俺の胸を見ろ。俺は《三枚花》！」

「その花に何の意味がある！」

「クロエ！」

俺はクロエをなだめようとしたが、それを見て、憲兵はより調子に乗りだした。

「女が無理に強がらなくていいって。《一枚花》がこの街で上手《うま》く生きていくためにアドバイスしてやるよ、身体《からだ》を売ることだ」

「何ィッ⁉」

「下民を犯すことが趣味な男はたくさんいる。お前身体だけは良いから良いとこまでいけるんじゃないか？」

「馬鹿者！　痴《し》れ者《もの》！　愚か者‼　……なんて下劣な男だ！」

「おいおい、剣なんか抜くなよ？　俺に手を出してみろ。仲間もろとも即牢獄《ろうごく》行きだぜ？　俺一人だけじゃそんな権限ねぇが、周りの憲兵たちが証人なら別だ」

ひどい。

この花びらは枚数によって階級を表しているらしい。

きっと、自分より上の市民に危害を加えれば罰せられるが、その逆は無罪放免なのだ。

クロエはぐっと拳を握った。

「これも……ミオ殿のため、ファルマン家の誇りを汚《けが》さぬため……」

クロエは涙ぐんだ。あの直情的なクロエが我慢をしている。

男は前髪で隠れたクロエの表情を一目見ようと、気安く髪に触れようとする。

「その最高の表情、俺に見せてくれよ」

それを見て、俺の中にドクンと何かが湧き上がった。

「ごめん、クロエ、俺黙って見てられないよ……」

「え……」

クロエが小さく呟いた。

憲兵はクロエの髪を掻《か》きあげる。

「可愛い顔になったじゃねぇか」

俺はバッと手を出す。

――――【俊敏祈願】20枚。

――――【攻撃祈願】46枚。

「そうそう、女は素直じゃねぇと……それで今晩どうよ。俺、手のテクニックすげーんだよ……ん？」

グギギギッ！

憲兵のその指は手の甲のほうに折れている。

「は？」

激痛が脳に届くまで、あと数秒。

「え……うそ……ぎゃあああああああ！」

憲兵は手を押さえながら、のたうちまわる。

「どうした!!」

周りの憲兵が彼を囲むように集まっていく。

「折られた……折られた折られた折られた！」

「落ち着け！　事情を説明しろ！」

「あの男！　あのバッグを背負った男に指を折られたんだ！」

「な……俺には何も見えなかったが、お前が転んだだけじゃないのか？」

「そんなはずない！　あの男から、たぶん手が伸びてきたんだ！　そして俺の指を折ったんだ！　目にも留まらぬ速度で！」

「【荷物持ち】の男がそんなことできるわけがないだろう。ここはいいから裏に戻って治癒魔法を使ってもらえ！」

「はぁはぁ……皆見てただろ!?　信じてくれよぉ！」

クロエにちょっかいを出した男は周りの支持を得られずに、俺を睨《にら》む。

俺は彼の悪意に笑顔で返す。

「……自慢のテクニック。拝見できなくて残念ですね」

「貴様ァアアッ！」

俺に飛びかかろうとする憲兵の肩を別の憲兵がぽんと叩いた。

「あ……アグニール様……」

現れたのは赤い鎧を纏った威風堂々とした大男だった。

年齢は四十過ぎくらいだろうか。鷹《たか》のような鋭い眼光が、より威厳を際立たせている。

胸には《五枚花》が付けられている。

「ゼッタよ。お前の《一枚花》への態度は見るに堪えん、あからさまな難癖をつけるのは、いささかどうかと思うがね」

指を折られた憲兵はただ怯《おび》えている。

「はぁはぁ……俺は本当のことを言ったまでです！」

「元々素行は悪いと報告されていたが、ここまで見苦しいとは。王国騎士団の面汚しめ。このことは上層部に報告する」

「や……やめてくださいいい！」

「《二枚花》……いや《一枚花》に戻ってしまうかもな」

「そんなそんな！　戻りたくないです！　ここまで来るのにどれだけ苦労したと思っているんですかー！」

憲兵はただ泣いて、赤い鎧の男に縋《すが》りついている。

赤い鎧の男は泣いている男に一瞥《いちべつ》もくれず、こちらを向いて手を差し伸べる。

「私の部下がすまなかった。王都では格差が可視化されることで品格を失う者もいる。しかし、努力次第では花びらを増やすことも可能だ。健闘を祈る」

「いい人もいるんですね、安心しました」

俺は赤い鎧の男と握手をすると、彼はうなだれる憲兵の手を引いて、どこかへ行ってしまった。

横目でクロエを見る。

「……なんだ、リュック・ストレイジ。邪魔するな。あれくらい我が余裕で倒せたぞ」

クロエは俺のほうを見ずにぼそりと呟いた。いつもの勝気な顔ではないが、口は達者だ。

「はいはい、クロエだったら余裕だっただろうね」

今の俺の行動はクロエを助けたとも言えるし、クロエの我慢する気持ちを踏みにじったとも言える。

感謝の言葉など期待はしてなかったけど、まぁ何とも冷たい態度だ。

そのとき。

ワァァアアアアアアアッ！

大きな歓声が上がった。

何事かと思って振り向くと、尻もちをつく憲兵たちが目に入る。

その視線の先にはキューーンがいた。

「神の子！　神の子です！」

この騒ぎにキューーンは戸惑っている。

「え、あ、あの私がどうしました……!?」

「どけぇえええええ！」

さきほどのアグニールという男が憲兵を掻き分けて戻ってくる。

「お前らどけ！　わ、私が説明します！」

赤い鎧の男はキューーンの前に膝をつき説明を始める。その顔は汗だくだ。

「……神の子というのは、ユニークスキル名にエイビー文字が示された特別な能力者のことです。つまり、キューーン様の【En:Portals】は、我々の常識を超えた能力ということです！」

エイビー文字とは、神が与えたと言われる二十六個の神聖な文字だ。

主に神官が祭事などで使うだけの文字だが、信心深くない俺も『S級冒険者』や『A級アイテム』など、ランクを表すときに使うので、馴染《なじ》みがないわけではない。

アグニールはマントの内側から何かを取り出す。

そしてキューーンに震える手でそれを渡した。

「長年憲兵をしていますが、これを渡すのは初めてです」

キューーンはそれを胸に付ける。

一目で何枚花かわからない。

「それがどれほどの価値があるかを説明します」

俺は数えることにした。

一……二……三……。

「凡人がどれほど努力しても……せいぜい三枚花」

四……五……六……。

「才能に恵まれた者がどれほど努力しても六枚花」

……七。

「その中で、国の中枢で王国を支える首脳たちが七枚花」

…………八。

「《八枚花》は……特別な力を持つ王族のみが身に着けることを許されています」

キューンが渡されたのは八枚花だった。

「え、え、どういうことですか⁉」

キューンは慌てた様子で周りを見回している。

数多《あまた》の憲兵が道の左右に整列し、膝を地面に突いて、一同がキューンに向けて頭を下げた。

「ようこそ、世界の心臓ワルドヘルツへ。……この世はあなたのためにある」

第一章　花嫁戦争のその前に

王都の宿に着いた。

華やかな街に似合わぬ、素朴な宿だ。

俺は背負っていたバッグを床に置くと、ベッドに仰向けになって、一息つく。

この街に着いて、自分のことが少し嫌いになった。

「通る人の胸ばかり見てしまう……」

「へんたいだ」

ミオが俺の視界の隅にぴょこんと入り込んだ。

ミオは俺の寝ているベッドで四《よ》つん這《ば》いになり、俺の顔を覗《のぞ》いてくる。

「おっぱい大好きだもんね、リュックくん」

「そうじゃないって！」

ミオは俺の反応を楽しんでいるのか、くすくすと笑う。

「フン……破廉恥な男め！」

クロエは胸元を隠すポーズを取る。

「だから違うって！　ほら階級だよ」

「ああ、この花びらのことだな」

「宿の亭主は《二枚花》とか、そういうところをつい見ちゃって……通りかかる人は皆《一枚花》や《二枚花》だった。そればかり見てしまう自分に嫌気が差してさ」

「ふむ、確かに《二枚花》の者を見ると警戒してしまうし、《一枚花》の者を見るとなんだか安心してしまうな」

「《五枚花》の騎士様とかキューンちゃんみたいに《八枚花》とかは、本当に珍しいんだろうね」

ミオとクロエと俺は《一枚花》だ。

コンプレックスの可視化はなかなか堪《こた》える。

そもそもスキルの強弱を階級で分けて何の意味があるのだろうか。

スキルの本当の強さなんて状況や組み合わせによって変わるのに。

「それでリュック・ストレイジ。お姉様はどこだ？」

「アリシアは別棟だよ、《一枚花》と《二枚花》は棟が違うんだって」

「なっ！　徹底しているなワルドヘルツよ……」

クロエは自分のベッドにへたり込んでしまった。

「キューンちゃんもどこへ行っちゃったんだろうね」

ミオは窓の外を眺める。

そう。キューンは憲兵たちに連れられて、どこかに行ってしまった。

「何かあってもスキルがあるから大丈夫」とは言っていたけど。

「ところでリュック・ストレイジ……お前はなぜ我々の部屋にいる？」

今一番、されたくない質問をされた。

「あー……クロエとミオと俺……相部屋らしいんだ」

「な……な……何ィ！！？」

クロエは寝耳に水と跳ねあがる。

「こんな獣と一夜を過ごせと⁉　ベッドは二つしかないんだぞ！」

「しょうがないだろ。《一枚花》には部屋は一つしかやらないって言われたんだ」

「クロエちゃん、どうどう。私たち同じベッドで寝よ？　ほらベッド大きいし」

ミオが笑顔でクロエの手を握る。

「ミオ殿！　……くっ、主の命令ならば致し方ない」

クロエは椅子に座りこんだ。

「それに、リュックくんは一緒のベッドで寝ても、お酒で酔っていても、おっぱいを押し付けても襲ってこないよ、安心して！　……視線はちょっぴりえっちだけどね」

場が凍り付く。

ミオは俺の安全性を証明してくれようとしたのだろうが、自爆だ。

それに気づくのにあと数秒。

数秒後、ミオの絶叫が轟《とどろ》いた。

1

俺とミオとクロエはミオの開店申請をするために、商業ギルドに行くことにした。

「クロエ、アリシアはどうしたの？」

「お姉様は身体《からだ》を動かし足りなくてな、修練場を探しに行った」

「アリシアなら一人行動でも大丈夫か」

「お姉様以外が大丈夫かは、保証しきれんがな」

ワルドヘルツは平民街、城下町、貴族街が区域によって分かれており、俺たちが招かれたのは、もちろん平民街だ。

平民街は以前まで滞在していたハーゼルゾネットと比べても栄えておらず、都会に来た憧れを裏切る形になった。

商業ギルドに着いたが、俺たちが知っている冒険者ギルドとそう変わらない。

窓口があり、依頼のボードがずらりと並んでいる。

俺たちの窓口になってくれたのは《三枚花》のメガネが似合う獣人族のお姉さんだった。

「へぇ、ワルドヘルツには獣人族もいるのか」

肉弾戦を得意とする獣人族。ハーゼルゾネットに獣人族は滅多にいなかったが、王都にはたくさんの人種が存在するようだ。

見慣れない種族なのに狸《たぬき》のような丸い耳はどこか安心感がある。

ここは店主になるミオが口火を切る。

「あのっ、お店を開きたいんですけど、今なら八割支援と聞きまして」

「ミオ・ココノエさんは《一枚花》たぬ？　《一枚花》たぬか～」

「あ……もしかして、《一枚花》はお店を開けないとかですか？」

「そのとおりたぬ。《一枚花》の方には出店許可は出せないたぬ」

「あ、す、すみません……やっぱりそうですか」

「七年前まではね。たぬ」

「え」

受付嬢は片目を閉じて、顎をしゃくり上げた。何やら自慢げだ。

「マリア様が商業ギルド総司令になってからは、《一枚花》の方でも出店できるようになったたぬ！」

受付嬢はミオに向けて笑顔で言った。

「ほ、本当ですか？」

「『商売のチャンスは全ての人民に平等にあるべきだ』この国の第二王女であり、商業ギルド総司令のマリア・クロウウェル様のお言葉たぬ。この制度は階級によって左右されないたぬ！」

ミオはその言葉を聞いて、両拳を胸の前で握った。

「マリア様、なんて良い人なの。…………推し！」

ミオと受付嬢が意気投合した。二人とも自分の手を神に祈るように握っている。

「でも、ここで店を開くときに注意しなければならないことが二つあるたぬ」

受付嬢の真剣な声色にミオは耳を傾けた。

「まず一つは先入観たぬ。《一枚花》の作る商品はろくなものじゃない。そういう考えを持っている人が想像より遥《はる》かに多くいるたぬ。たとえ良い商品を作ったとしても、それより品質が劣る《二枚花》《三枚花》の商品のほうが売れるのが常たぬ。お忘れなくたぬ」

ミオはぐっと気を引き締めた。

「二つ目はカネモチという《七枚花》の富豪についてたぬ」

「カネモチ……？」

「カネモチはただの一介の商人たぬが、人の店の商品を強奪したり、高利貸しもして、金を返せなかった者を人身売買オークションにかける噂《うわさ》があるたぬ。このごろは多くの貴族の子どもが犠牲になっているたぬ」

受付嬢はミオの顔を見つめる。

「とにかく商人仲間の中で恐れられている存在たぬ。くれぐれも注意するたぬ」

「はい！　頑張ります！」

「あ、そうそう、マリア様のことをもっと知りたかったら、あの石板を買うたぬ」

受付嬢が指差したのは、何も描かれていない石板。

「？　……何も描かれていないですが」

「銀貨五枚でどうたぬ？　絶対に損はさせないたぬ」

それだけあれば俺ら全員が宿に三泊はできる値段だ。

何の変哲もない石板がそんな値段するハズがないのだが……。

クロエが後ろからミオに耳打ちする。

「ミオ殿、これは詐欺ってヤツでは。ミオ殿と仲良くなって高価なモノを売りつけようとしているのです」

「うん……でもどうやって断ろう」

確かにただの石板だ。しかし、俺はその石板から何かを感じとった。

ビリリッ！

――【耐性祈願：麻痺《まひ》】５枚。

「ん？」

どういうことだろう。

【耐性祈願：麻痺】の御守《おまも》りが反応している。本当に微弱だけれど。

これは何かあるに違いない。

「俺、これ買います」

受付嬢は目を細め、俺に興味を示した。

「魔法使いじゃないのに、価値がわかるたぬ？　そちらの彼は商才があるたぬ！」

クロエが俺に耳打ちをする。

「おい、我の話を聞いていたのか？　詐欺だぞ！」

「俺の財布で買うからいいだろ？」

「まいどたぬ！」

その後もスムーズに話は進み、お店を開ける場所も地図で教えてもらった。

俺たちは開店資金と石板の代金を置いて、商業ギルドを後にした。

明日現地に行ってみよう。

長時間移動で疲れた。今日は宿屋でぐっすり休もう。

2

宿屋のベッドに横になる。

疲れた……。

晩御飯はまだだから、足は床に着けたまま。靴を履いた状態だ。

意識がまどろんでいるとき、俺の鼻腔《びこう》を何やらおいしそうな匂いが刺激した。

「おいしそう。……この匂いはシチューかな。近くの民家からか？　いいなぁ」

そう思っていたら、匂いが近づいてきた。

トントン。

ノックの音だ。誰だろう。

「リュック・ストレイジ……ご飯はいるか？」

「え？　クロエ？　欲しいけど」

クロエに自室にノックをする習慣はない。どこか違和感がある。

「はい、クロエちゃん、どうぞ」

隣にミオもいたようでドアを開けたのはミオだった。

その奥に立っていたのは、……鍋を持つエプロン姿のクロエだった。

「……ファルマン流のシチューだ。食らうといい」

「え？　このおいしそうな匂い、クロエが作ったの⁉　すごい！」

「……そうか？」

クロエはしおらしそうにちょこっとおじぎをした。

不覚にもドキリとした。あまりにも普段と違って、お淑《しと》やかだったからだ。

髪の毛は普段と違うサイドハーフアップテール。特徴的なサイドテールを残しつつも、ロングヘアーに見えるその髪は新妻を思わせる色気があった。

机を運んで食事の準備だ。食器類を並べる。

シチューは滑らかなクリーム色で、仄《ほの》かに浮かぶ湯気が食欲を誘う。

肉も多くて、具も大きい！　男の子が大喜びするヤツだ。

スプーンで掬《すく》いあげると、匂いがさらに立ち込める。

ダメだ！　このままではおいしさが逃げてしまう！　早く口に運ばなくては。

俺はそのおいしさを口に閉じ込めた。

「おいしい！」

「本当か⁉」

俺の言葉を聞いてクロエは目を輝かせた。

「クロエが料理できるなんて知らなかったよ！」

「フンッ！　どうだ、舌を巻いたか！」

「もう！　素直になれないのはクロエちゃんの悪い癖、リュックくん、実はね……」

「ああ、ミオ殿！」

クロエはミオの口に手を当てて黙らせようとするが、ミオは止まらない。

「リュックくん、王都に着いたときクロエちゃんを憲兵から守ってくれたでしょ？　それでどうしてもお礼がしたいって私に相談してきたの」

「ミ……ミオ殿ぉ……」

クロエはうなだれている。うなだれすぎて、うなじが丸見えだ。

「だからね、料理作ってあげたらって言ったら、まさかのシェフ並みの出来でね、クロエちゃん。料理の修行もしてただなんて知らなかったよ」

クロエは赤い顔のままでこちらを見た。

「リュック・ストレイジ。あのとき助けてくれて……ありがとう……」

言い慣れていない、うわずった不器用なお礼だ。

「お礼を言うのはこっちだよ、クロエ。俺たちのために我慢してくれてありがとう」

和やかな雰囲気が流れる。

――そのとき。

身体に電流が通った。

「え……魔法⁉　敵襲か⁉　うわぁああぁッ！」

バチィッ！

クロエの身体が僅かに麻痺した。

「身体が動く⁉　我の【鋭敏】でこれなら、かなり微弱な攻撃のハズ！」

「攻撃はどこからだ⁉」

クロエはレイピアを、俺はロングソードを構えた。

敵の気配はあそこからだ！

ビリビリ……ビリビリ……。

電気を纏《まと》っているのは、商業ギルドで買った石板。

「せ……石板が電気を纏っている……？」

石板の表面に何かが映る。

ジジ……ジジジ……。

「あー……ジジジジ……聞こえるか……」

声まで聞こえてきた。

姿がはっきり見える。

その姿は……五十前後の初老の男。

威厳のある巨大な赤い王冠と、白く結われた長い髭《ひげ》がいかにも王族だった。

そして胸に付けている《黄金色の八枚花》。

……見たことがある。

ギルドに貼ってあったポスターに描かれていた人だ。

彼はこの国のトップの……。

「諸君。ワシはミカド・ワルドヘルツ。国王である」

ワァアアアアアッ。

近所の住民が喚《わめ》きだした。

「何……何が起きてるの？　リュックくん！　石板に王様が閉じ込められている！」

「わからない、わからないけど、今はこの人の言うことを聞くしかない！」

騒音の中、石板に映る王は語りだした。

「知らぬ者のために説明しよう。ワシは石板に閉じ込められているわけではない。王城におる。しかし娘のユニークスキルによって、石板にワシの映像を送っておるのだ」

「ユニークスキル？」

姿は見えないが、今度は石板から女性の声が聞こえてきた。

「画面外から失礼します。ワタクシ第二王女のマリア・クロウウェルと申します」

石板に女性の手が映りこむ。これは彼女の視界……だろうか？

「え！　マリア様だって、あのマリア様が閉じ込められているよ、リュックくん！　マリア様を助けなきゃ！」

ミオは「マリア」の名を聞いて、石板の前であたふたしている。

「ミオ、落ち着いて、今はよく聞くんだ！」

声の主、マリアは落ち着いた口調で続ける。

「ワタクシのユニークスキル【ON《オン》 - Air《エアー》】によって、ワタクシの視覚情報、聴覚情報は特殊な魔力を含んだ石板に共有されます。命に危険はありませんので、ご安心を」

【ON - Air】⁉

石板に映った映像は……彼女のユニークスキル⁉

「…………あら、ありがとう」

彼女の後ろには臣下がいるらしく、彼女に手鏡を渡してくる。

手鏡に映し出されたのは、輝かしい金髪の色白の女性。

金色の冠と赤く大きなイヤリング。そして目尻の赤いメイクと、赤い口紅がエレガントさを強調させていた。

髪はサイドでおだんごに編んでおり、それでも余る長い髪が、稲穂のように綺麗《きれい》に垂れてる。華やかで、それでいて凜々《りり》しい。

上品な白いドレスの胸元に光るのは紫色の《八枚花》……。

装飾こそ派手ではあったが成金《なりきん》のような嫌な感じはない。

自立したエレガントなお姫様という印象だった。

「ごきげんよう」

「……あ、あわわわ、こちらが先に挨拶できなくて申し訳ありません」

マリア様が手をふりふりと振ると、至近距離で石板を見ていたミオもついつい手を振り返してしまう。

「ミオ。たぶん、こちらからの映像は向こうに届いていないよ」

「えっ？」

ミオのとぼけた声を第二王女マリアが遮った。

「さぁ！　今日はお父様から大事な話があります。よく聞いてください」

手鏡を下ろすと、視線は国王のほうに戻った。

国王の表情はいたって真剣だ。

「では用件を言おう……だが、その前に」

「ん？　王笏《おうしゃく》を持った？」

俺は国王の挙動に違和感を覚えた。魔法の詠唱をしている。何のために？

「――――【炎の渦《フレイムボルテクス》】！」

「は？」

バオオオオオオオオオオオオオンッ！

俺たちは戸惑った！

なんと——……。

王が自らの身体に。

炎の魔法を撃ちこんだのだ。

マントに油が塗られていたようで、炎のマントがミカドの威厳を際立たせている。

「ぬおおおおおおおおおおおおッッ‼」

「おい！　何やってんだよ！　おい！」

俺は石板を揺らす。しかし無意味だ。

国王は、その燃ゆる姿のままで、ニィッと微笑《ほほえ》んだ。

「ワシの話は長いと、なにかと不評なのだ。だから話すときは、早く切り上げる戒めを込めて、自分の身体を燃やすことにしておるッ！」

「……そんな馬鹿な国王がいるか！」

「いや、リュック・ストレイジ！　お父様が言っていた！　『ミカド・ワルドヘルツは国民のために普段から燃えている』……と」

「それ、やる気があるって意味じゃないのかよ！」

国王は燃え続けるマントを身に纏いながら、落ち着いた口調で語りだした。

「用件……それは我がワルドヘルツ家の継承者問題のことだ」

おい、本当にそのまま語りだしたぞ……。

「ワシは王国騎士団の大総統として、そして、我が国の王として長らく生きてきた。しかしワシもそう長くない。本来であればこの王位を、王国憲章に則《のっと》って我が息子に継承するところだ」

国王は黙々と語る。炎はその立派な髭にまで燃え移る。

「……しかし、知ってのとおりワシは男子に恵まれなかった、ワシの子どもは四人の娘のみだ。息子はいない」

ミカド・ワルドヘルツの額には汗がにじむ。

「その場合、一番ユニークスキルの強い娘に王位を継承する……と王国憲章に書かれておる」

鬼気迫る喋《しゃべ》り方に目が離せない。

「しかし奇跡は起きてしまった」

王は燃えたままで天を仰ぐ。

「我が娘は奇《く》しくも四人全員、特別なスキルを持つ神の子なのだ……これほどの僥倖《ぎょうこう》は過去一度もない」

一番特別なのは間違いなく国王だ。そう思わずにはいられない絵面だ！

「王国憲章でもこの事態は想定しておらず、誰に王位を継承したらいいのか記されておらん。しかし継承問題によって、暗殺などの残虐な事件が起きるのは、ワシの代でもうこりごりじゃ。そこで、一つの決まりを考えてた……」

どうやらここからが本題のようだ。この燃え盛る炎の中で国王は淡々と語る。

「——ワルドヘルツ家は圧倒的なまでのスキル至上主義」

「——強いスキルを持つ者同士が結婚し、子を産み、さらに強い子どもを産む」

「——しかし娘のスキルは皆等しく最強だ」

「——ならば」

「——旦那のスキルの優劣で王位を決めるしかあるまい」

炎は国王の身体全てを覆った。しかし王は微動だにしない。

「我が娘に通告する。三ヵ月後、ワシの前に【最強の夫】を連れてこい。そうすればその娘の夫が次の王……」

「四人の我が娘たちよ。
第一王女　魔導研究所所長、イザベル・ベネディクト。
第二王女　王都商業ギルド総司令、マリア・クロウウェル。
第三王女　王都冒険者ギルド総司令、アテネ・クー。
第四王女　教会最高執行官、メアリー・リーリエール。
この中の誰かが次の王妃じゃ」
スゥー……。

国王は息を吸って、一気に吐いた。

ブワッッ！

すると。纏わりついた炎が吹き飛び、偉大なる国王の姿が現れた。

「覚悟を決めい、娘たちよ。……花嫁戦争の勃発じゃ」

信じられないことに、国王の身体に火傷《やけど》は一切ない。

国王という嵐はその場を去る。そして静けさが訪れた。

…………マリアは手鏡をこちらに向けた。

マリアの凛々しい顔が映る。

「……とのこと、お父様の炎上癖は気になさらずに、目立ちたがり屋なのです、ふふ」

石板は真っ暗になる。きっとマリアが目を瞑《つむ》っているのだろう。

そして数秒後。目を開き、こちらを見つめた。

迫力のある、真剣な眼差《まなざ》しだ。

「……お父様はきっと《七枚花》や《八枚花》の男性を望まれます。しかしワタクシはたとえ《一枚花》や《二枚花》だろうと、素敵な方と結婚したいと考えています。ワタクシは普段、商業区域の様子を見ています。そこで素敵な男性と出会ってしまうかもしれませんね……くすっ」

マリアがこちらにパチリとウインクをする。

ヴァアアアアアアアアアアアアアアアア。

「何だ⁉　魔物の軍勢か⁉」

いや、違う！

ご近所さん一帯の喚き声だ。ものすごく騒がしい。

「おい！　リュック・ストレイジ、大変だ！　ミオ殿が！」

「ミオがどうしたの⁉」

「ママママ……マ……マリア……様が私にウインクした……」

ミオは顔を赤らめて胸を押さえて、椅子から転げ落ちていた。

「ミオーッ！」

一夜にして、第二王女のマリア様は市民の心を鷲掴《わしづか》み。

後日、話に聞いたところ、第二王女マリアは毎日、石板を通じて国民に元気な姿を見せたり、国のニュースを伝えているらしい。

なるほど。納得の国民人気だ。単純に美しいだけの王女だと思っていたが、まさかこんなユニークスキルを持っていたなんて。

王都ワルドヘルツでの初めての夜は、世間全体が浮《うわ》ついた状態で始まった。

花嫁戦争か。

【荷物持ち】で《一枚花》の俺には縁のない話だ。

さぁ、さっさと寝てしまおう。

第二章　第三王女・アテネ・クー

騒がしい夜は静まらぬまま、朝を迎えた。

俺たちは商業地区に向かい、ミオの新しい店を確認する。

アリシアも連れていくつもりだったが留守らしい。

「……どこに行ったんだろう、アリシア」

「お姉様は自由奔放だがしっかりした人だ。心配はあるまい」

アリシアともキューンとも会えていない。今日もミオ、クロエと三人行動だ。

「えーっと……私たちのお店は……この辺……なんだけどなぁ」

俺たちの足取りが重くなる。

「え？　本当にここ？」

大通りを抜けると怪しい雰囲気が漂ってくる。なんかムーディというか……。

ミオは足を止める。

「七番街……の三列目の二番目って……ここだよね？」

新しいお店であるはずの建物にはすでに、看板が掲げられていた。

セクシーポーズを取った女の人がお酒を掲げた絵がでかでかと描かれた看板。

文字はこう書いてある。

〝谷間見放題ＢＡＲ　モミテイナ〟

「何ィ⁉　な、な、なんだ！　この破廉恥な店は！」

クロエは顔を真っ赤にする。

「あれー……」

ミオは開いた口が塞がらない様子だ。

そのときガチャリとドアが開いた。

「アンタがミオちゃんね、えー……アタシ、シュシュ。よろしくー……ふぁぁ」

店から出てきたのは《二枚花》のエルフ族の女性。長い耳に付けられた多くのイヤリングには威圧感がある。

彼女は大きなあくびを一つすると、俺たちの胸元を見て驚いた。

「え？　全員《一枚花》？　最悪ぅー……」

《二枚花》のエルフ族の女性は、ダルそうな様子を隠そうともしない。

猫背ぎみでピンク色の髪もボサボサ。口に咥《くわ》えたパイプも相まって、感じが悪い。

二十代後半に見えるが、侮るなかれエルフ族。実年齢はもっと上なのだろう。

印象は悪い……が、薄い肌着からこぼれそうな胸には、正直ときめいてしまうのだった。

「いてっ」

クロエに耳を引っ張られる。

「あの、私、場所間違えましたでしょうか？」

ミオ含め、俺たちは事態を把握できずにいた。

「あー？　聞いてない？　ほんっと気が利かないねぇ、こんなことも説明してないなんて。商業ギルドの連中……もとい、マリア様はよぉ」

シュシュは頭をボサボサと掻《か》きだした。

「アンタら、銭ゲバのマリアに騙《だま》されたのよ。アイツ、体裁だけはいいから」

「騙された……？」

豆鉄砲をくらった鳩《はと》のようにミオは目を丸くしている。

「アンタたち開店資金八割負担につられたクチね？」

「は……はい！　ギルド加盟費も無料で店を出すなら今かな……と！」

まっすぐシュシュの目を見るミオを、シュシュは嘲笑った。

「要項よく読んだ？　ギルド加盟費は無料だけど、二年目から年会費バリ高いってめちゃくちゃ小さい字で書かれてんの知ってる？　その顔は何も知らない顔ね。そんなんで商売人やれんの？」

ミオは訳もわからずおろおろする。

「え……え……？　マリア様が……？」

「警戒心が足りないみたい。すぐに潰れちゃうねアンタの店……はぁ」

シュシュはため息をついた。最低限の説明をしてくれるらしい。

「ほら、ウチ、夜の店じゃん、この一帯全部そうなんだけど。そんで、昼間はこの街誰もいないわけ、それ、もったいないじゃん」

「はぁ」

「だから朝と昼は店を誰かに貸すわけ。間借りっての？　アタシ詳しいこと知らないけど、そしたら賃料安くなるってよ。で、何の店開くの？」

困惑ぎみのミオだったが、なんとか態勢を立て直す。

「御守《おまも》りのお店です！　これからよろしくお願いします！」

それを聞いてシュシュは噴きだした。

「えっ、うっそぉ笑。あんな役に立たないアイテムの専門店？　潰れるのは勝手だけど、勢い余ってウチの評判まで下げないでね。あはははは。あーウケる」

クロエが剣を抜く姿勢をした。

俺もそうしたい気持ちだ。しかし、俺はクロエを止めた。

「落ち着いてクロエ、この人とはこれから関係を作っていかないといけないんだから」

「くっ、しかし！」

シュシュは笑い終えると合鍵をミオに放り投げた。

「ま、なんでもいいけどさ……夕方前には片づけてね。じゃーねー」

そして、シュシュはあくびをしながら去っていこうとする。

「あ、あの！　もう少し教えてください！　シュシュさんに失礼のないようにしたくて！」

ミオがシュシュを呼び止めると、シュシュは機嫌悪そうに振り向いた。

「あー？　なんで《一枚花》に丁寧に教えなきゃなんねーの？　自分で考えて？」

「す、すみません。自分で考えます！」

ミオは身を縮こまらせた。

シュシュの去っていく背中を見て、俺はボソッと呟《つぶや》いた。

「あの人と今後、関係を築くのか。厳しいな」

「なんだあの女はミオ殿を！」

とにかく開店資金の八割免除の理由がわかった。……間借りならば安く済むわけだ。

ミオの御守りの強さを知ってもらって繁盛店にする。

それは俺が想像するよりも難しい問題なのかもしれない。

おそるおそる、店の中を見る。

内装は汚く、そして、なんだかいかがわしい。

ソファーが並ぶ、いかにも接待用の店内。桃色の魔法ランプがより淫靡《いんび》な雰囲気を演出している。

「内装は御守り店と相性最悪って感じだな……ってくさ！」

そして酒臭い。昨晩は大はしゃぎしたのか、ゴミが床に散乱しており、小バエが飛び交っている。

「ひどいな。まずは、掃除からだな」

おいしい話には罠《わな》がある。その言葉を肌で実感した。

看板作り、商品作り、宣伝、接客の修業……やることは山積みだけど、一番気にしなければならないのはやはり、人付き合いだろう。

「あのシュシュという女は我らを見下していたぞ！　《二枚花》になればいいのか？」

クロエはゴミをつまみながら悪態をついた。

「まずは対等な立場になるところからかもね、赤い鎧《よろい》の人も階級を上げる方法があるって言っていたし、掃除が終わったら生活課ギルドで聞いてみるよ」

1

市民の生活を支える、市民の味方の生活課ギルド。

生活課ギルドの職員は、俺たちに《二枚花》に上がる方法を三つ教えてくれた。

一つ。王都主催の何かしらの催しで良い成績をおさめること。

二つ。清掃活動や社会奉仕を続け、認められること。

三つ。冒険者ギルドの難クエストをクリアし社会貢献すること。

「なるほど！　単純に良いことをすればいいわけだな！」

クロエは手をぽんと叩《たた》き、俺は顎に手を当てる。

「合点《がてん》がいったよ。階級は八段階あるのに、下から二番目のアリシアが丁寧な対応をされていた理由が」

「どうしてなの、リュックくん」

「《一枚花》が《二枚花》には努力一つで上がることができるんだ、つまり《二枚花》の人から言わせると《一枚花》の人は努力不足なんだ」

「そ、そうなのかも？」

「《一枚花》の人は才能もなく努力もしない。そういう風潮を作れば《二枚花》以上の人は、自分が勝ち組にいる気持ちになるだろう？」

「……そうかも」

ミオは小さく頷《うなず》いた。

「そうと決まれば階級を上げるべきだ。リュック・ストレイジ。どれから取り掛かる？」

「どれが一番効率いいかな……うーん。面倒くさいな。全部同時にやろう！」

「え……ええ……!?」

ミオは俺とクロエの顔を交互に見ている。

クロエは俺に勝負をふっかけるように言った。

「面白い。どちらが先に《二枚花》になれるか勝負だ！　リュック・ストレイジ！」

――【鋭敏】、そして俺の【亀の祝福】でクロエのスピードはさらにアップ！

パパパパパッ！

クロエは目にも留まらぬスピードで街を駆けて落ちているゴミを拾いだす！

「ミオ！　店に鍵かけて！　俺たちも行くよ！」

「ひゃあああっ！」

――【俊敏祈願】20枚！

俺はミオをおんぶしながら、街を音速で駆ける。

バッグ越しだから、胸は背中に当たらない。ぬかりはない。

食べ残し！　酒瓶！　ポスターの破片！　生ゴミ！　衣服！

目の前に高速で現れるゴミたちを拾いあげていく！

「ちょっとリュックくん！　なんで私をおぶるの！」

「一人にしたら、ミオの階級が上がらないだろ！」

「たしかに！」

周りの人がどよめく声が聞こえる。

――なんじゃありゃあ！　風か⁉

――アイツが通った跡は綺麗《きれい》になるぞ⁉

――姿が見えねェ！

そうか姿が見えないなら、評価も上がらないな……スピードを少し落とさないと。

……………ま、いいか、見えなくても。

街が綺麗になるの気持ちいいし。

「他に何か階級が上がる方法ないかな」

俺は道すがら落ちている一枚のビラを見つけた。

〝本日突発開催　王都公認アームレスリング大会　優勝賞品は金貨三枚＋おいしいカニ〟

「これだ！」

「リュックくん、この大会に参加するの？」

「これに優勝すれば《二枚花》にも上がれるかもしれないし、ミオの御守りの宣伝になるだろう？」

「負けたら、逆宣伝になっちゃう」

「優勝するさ、ミオの御守りは最強だから」

「恥ずかしげもなく言う……」

ミオは目を細めて、照れた顔で言った。

そうと決まれば、行くしかない。会場はこの近くだ！

2

平民街・商店区域の広場は大賑《おおにぎ》わいだ。

数多《あまた》の男たちがいくつものテーブルを囲んで腕相撲をしている。

勝った者はたった三段の階段を上ったところのテーブルへ。負けたものは下へ降りる。

勝者は自《おの》ずと階段の上のほうに集まっていく方式だ。

「わぁ……すごい熱気だね、リュックくん」

「昨日のマリア様のアピールのせいだよ、皆自分の強さを誇示したいんだ」

「そっか！　マリア様が見てるかもしれないんだ。私も参加する！」

「あ、ちょっと！」

「きゃあああああ！」

ミオは挑むやいなや、大男に吹っ飛ばされてしまった。

俺は急いで介抱する。ミオは気絶していた。

「ったく、どれだけマリア様のことが好きなんだ」

「やっほーい！　雑魚で助かったぜ～！」

《三枚花》の大男は嬉《うれ》しそうに上へ階段を駆け上がった。

「やれやれ……ん？」

よく見ると、ミオの手のひらには複数の刺し傷。そして身体《からだ》が麻痺《まひ》している。

どうして⁉　ただの腕相撲で⁉

俺はバッグから回復薬と麻痺治しをミオに与えたが、目は閉じられたままだ。

「良かった。寝てるだけだ……でもどうして？」

顔を上げると、さきほどミオと戦っていた男が俺を見下ろしていた。アイツの仕業か？

大男は、周りに言いふらすようにわざとらしく言った。

「おい皆見ろよ！　《一枚花》が参加してるぜ！　身の程知らずがよ！　だからそんな目に遭うんだよ！　自業自得だな！　悔しかったらここまでおいで！」

大男はお尻を叩いて挑発してくる。

周りからはゲラゲラと爆笑の声。

「はぁ……」

ため息が漏れる。

ワルドヘルツはこんな奴《やつ》ばっかりなのか？

俺は参加費を払い、腕まくりをする。

「俺も参加します」

「じゃあ、僕たちと戦わないかい？　《一枚花》のモヤシくん！」

参加表明しただけで自然と周りに力自慢の男たちがやってきた。

なんてマッチングが楽なんだろう。

いずれも《三枚花》の大男。

その中に一人だけ《四枚花》の切れ長の目をした非力そうな男が交じっていた。

そして彼が俺の頭に手を当てる。

――【スキル鑑定】発動。

――鑑定完了。【荷物持ち】。

「ケケ、こいつ獣人族でもなければ、強化系のスキルでもない。絶対勝てるよ」

「ありがとうございます。鑑定士様。さぁ、モヤシくん！　勝負だ！」

勝負を仕掛けてきたのはモヒカンメガネの男だ。

「スキル鑑定士を連れてまで勝とうとするなんて……」

「徹底的に調べて勝てる試合をする、それが僕の信条でね」

モヒカンメガネの男が己の額辺りを指でトントンと叩いた。

「さぁ、場に着けよぉ、モヤシくんよぉ」

モヒカンメガネがテーブルに肘をつく。

「お手柔らかに」

俺は彼と同じ体勢をとり、手を握った。

レディー……ゴー！

「残念だね！　僕のユニークスキルは【身体強化】だ！　これが僕の徹底勝利主義だ！」

モヒカンメガネの腕の筋肉は膨張し、袖をめちゃくちゃに破く。

腕の血管は木の根っこのように隆起する。

ガンッッ！

「え？」

相手の手の甲はテーブルに着いている。

つまり、俺の勝ちだ。

「じゃあ」

「え、ちょっと待て！　おかしい！」

男は俺を食い止める。

「ありえない！　お前に負けるなんて！　もう一度やらせろ！　そうだ、使う腕が悪かったんだ！　今度は左手だ！」

このまま放っておいてもややこしそうだ。再戦を承諾した。

再び肘をつき、手を取りあう。

「ありえない……ありえない……」

男はぶつぶつと呟いている。汗まみれだ。

レディー……ゴーッ！

ガッ！

バキイイイ！　メキイイイイッ！

今度はテーブルが真っ二つ。木片の断面が露出する。

もちろん俺の圧勝だ。

「そんな馬鹿なぁぁぁアアアアアッ！」

男は仰向けでへたり込んでしまった。

他の取り巻きたちは大声で叫ぶ。

「《一枚花》の【荷物持ち】が不正してやがる！　誰か調べてくれ！」

あれ？　もしかしてユニークスキルは使用しちゃいけない大会だったか？

でも向こうも【身体強化】使ってきたし、いいはずだよな。

俺がのびたミオを抱えて上のフロアにたどり着くと、目の前に別の男が立ちはだかる。

今度は獣人族の朗らかそうな大男。クマ耳が特徴的だ。

「お前、見たところ非力そうだが、強さの秘訣《ひけつ》を聞いていいクマ？」

俺はバッグに取り付けた【攻撃祈願】の御守りを指した。

「これのおかげだよ」

「御守りクマ？　雑魚アイテムの代表クマ。それで本当に強くなれるクマ？」

「試してみる？」

俺が先に肘を置く。

「クッマッマッ！　笑わせるクマ！　さっき勝ったのは偶然だったようだなクマ！　力比べなら獣人族のクマ型に勝てるわけないクマ！」

グシャアアアッ！

「ギャアアアアアアア、クマ！」

砕けた木片が宙に舞う。

またもや俺が勝った。

周りの見る目が変わっていく。

「おい、アイツおかしいんじゃねえか」

「何であんなに強いんだよ」

俺はミオをお姫様だっこしながら答える。

「俺じゃなくて、この子の御守りが強いんです。近日、七番街三列目二番目に店を構えるのでご贔屓《ひいき》に」

階段を一歩ずつ登る。そして目の前にいたのは、ミオを倒した大男。

「やっと追いついた」

「……さっきの《一枚花》ッ！」

さきほどの大男は少し汗をかいていた。

「今度は俺と戦ってください」

俺はまたテーブルに肘をつく。

大男は汗をかき一瞬躊躇《ためら》ったが、すぐに口元を緩めた。

「……いいぜ、正々堂々と戦おう」

大男はぺろりと自分の唇を舐《な》めると、俺の誘いに応じてくれた。

お互いの手を握りあう。

レディー……ゴー！

「なぁんてなぁ」

大男は気持ち悪い笑顔を俺に見せつけた。

――ユニークスキル【麻痺の棘《とげ》】発動！

男の身体にみるみるサボテンの棘のようなものが生えてくる。

頭、肩。腕。そして手のひらにも。

そして、俺の握った手にその棘が刺さる。

「ぎゃーっはっは！　痛いだろう！　麻痺するだろう！　苦しめ……ん？」

――【防御祈願】40枚。

――【耐性祈願：麻痺】5枚。

ミオの御守りのおかげで俺は無傷だ。

「え……？」

大男は事態を飲み込めず、おそるおそる俺の顔を見た。

「……次は？」

ギュウウウウ。

「……ひっ、い、痛い！　痛い！　さっき巫女《みこ》の女を傷つけたこと怒ってるのか⁉」

俺は握る手を強める。ギチギチと骨の軋《きし》む音がする。

「怒ってなんかいませんよ。ルール上、許されているんだし」

「痛い！　痛い！　痛いい！」

「確かにミオは非力で腕相撲大会に出たのは身の程知らずだ」

「ひ……ひぃ……」

「スキルを使うのも、黙認されてるみたいだし」

「は……ははは」

「戦った後の挑発的な態度もいい」

「助けてぇぇぇえええええええ！」

「でも、挑発をしたんだ。買われた喧嘩《けんか》はちゃんと売ってくれよ」

――【攻撃祈願】46枚！

力を拳にさらにこめる！　……つもりだったが。

「僕が悪かったですすすすすうう‼」

男はその前に絶叫しながら、そのまま口から泡を吹いて倒れた。

「あの男スゲー‼」

「最強すぎるだろ！」

俺は観客の声のするほうに振り向いた。

「これって俺の勝ちでいいの？」

3

俺は破竹の勢いで勝ち進み、階段の頂上までたどり着いた。

突き当たりの壁にはでかでかとネームプレートが貼られていた。

『現在四連勝中！　怪物サード！』

『サード』……それが対戦相手の名前だろうか。

腕相撲大会の現在一位。……どんな人なんだろうと、興味があった。

そこで待ち受けている人を見て、俺は驚いた。

なんと三メートルを超える大男。

巨大なローブを何重にも巻いて被《かぶ》っており、顔からお腹《なか》までが全て隠されている。

見たところ獣人族だ。狼《おおかみ》のような尻尾がローブから見え隠れしている。

肝心の階級はわからない。胸元は完全にローブで隠されてしまっていた。

「そんなに階級が気になるの？」

巨軀《きょく》に似合わぬ細い声。今にも消えてしまいそうなウィスパーボイス。

「ここに来てからついそんな癖がついて。でも階級を隠すのは犯罪だって生活課ギルドで聞いたけど」

「馬鹿ね。ここは強さだけがモノを言う大会。階級なんてどうでもいいじゃない」

氷のように冷たい口調に反して、芯のある綺麗な声だった。

女性か……？

一瞬そう思ったが、目の前の壁としか思えない巨軀を見てその考えは撤回した。

女だと思わせて油断させようとしているのかもしれない。

そんな手に乗るものか。

「そうですね、では早速よろしくお願いします」

俺はテーブルに肘をついて、右手を差し出した。

「あと、あと一回勝てば私優勝だから、覚悟して？」

「優勝？」

「この頂点の席で五回連続勝利で優勝。今は四回勝ってる。優勝賞品はいただくから」

金貨三枚は確かに魅力的だ。

俺はサードの手を握る。大きい。盾のような大きな手。

しかし、今までのむさくるしい男と違って、少しひんやりとしていた。

俺はサードを睨《にら》む。

ここまで勝ち残っているんだ。生半可な強さじゃないハズだ。

「どうせ私に勝てるわけない……」

俺の対戦するサードは寂しそうに言った。

それを聞いて俺はムッとした。

「孤高の天才気取りか……やってみる前に何がわかるんだ」

この「どうせ」を聞いて、出会いたてのミオを思い出した。

その「どうせ」はいずれ打ち破られることを俺は知っている。

一同注目が集まる。

他の出場者は一度手を置いて、こちらを見ている。

さぁ。始まる。司会の声に合わせて。開戦だ。

レディ——……ゴォッ！
ギチッギチギチッッ。

信じられない！

精いっぱい、腕に力を加えているはずなのに、全く動かない！

ミオの御守りがあっても、この巨軀には勝てないのか⁉

でも、試合の時間が一秒、二秒と過ぎる中で僅かながら差が付き始めた。

僅かながら……俺が優位だ！

ほんの少し、相手の上体が開いている。

俺はその孤高の天才が今どんな顔をしているかを確認した。

クールな態度を少しでも歪《ゆが》ませて、力んででもいたらいいなと思って見た。

ローブから覗く鼻から下には、汗がだくだく流れており、歯を割れそうなほど食いしばっていた。

「よし！　君も必死みたいだな」

現金なものだ。相手の顔を見るとみるみるパワーが湧いてきた。

「うおおおおおおおおおおおおおおッ」

ついつい大声が漏れてしまう。

「はぁぁあああああああああああッ」

サードも声を張り上げる！

――【攻撃祈願】46枚。

ミオの御守りの力をフルで借りても、動じない！

パワーだけで言うなら怪物のアリシアを超えている！　――アリシアの強さの本懐はパワーではなく、闘争本能によるものだが。――こんな強い人がこの世界にいるなんて！

この白熱する戦いの中で、サードはぼそりと何か呟いた。

――【GIGANT《ギガント》】。

「え……」

俺は嫌な予感がした。相手から、ものすごい殺気を感じたからだ。

この身の毛のよだつ殺気のような感覚、間違いない！

特殊なユニークスキルが来る！

こんなに強いのに、まだユニークスキルを使っていなかったのか⁉

俺は早期決着の方針を固め、全力で腕に力を入れた！

幸い、相手の腕には力が入っておらず、あっけなく傾いた。

ガシャァアアアアッッ。

机は木《こ》っ端微塵《ぱみじん》。勢い余って机の脚が地面にめり込んでいた。

「勝者！　リュック・ストレイジ！」

「しゃあああああああああっ！」

俺は大人気もなく雄たけびを上げた！　ここまで熱中できた戦いは初めてだ。

「なんだよアイツ……あんな化け物に勝てるわけないだろ……」

周りの参加者は異口同音に俺を畏怖した。

俺たちの戦いを観《み》た者は例外なく戦意を失う。挑戦者は……誰もいない。

つまりこの大会の優勝者は俺になった。

嬉しい！　催し物で一位になったのはこれが初めて！

この優勝賞金の金貨三枚はそれ以上の価値を感じた！

サードに目を配ると、ぺたんと座りこんで、呆然自失《ぼうぜんじしつ》していた。

俺に負けただなんて信じられない様子だ。

「スキル発動前に……一瞬力が抜けるなんて知らなかった……」

俺は握手を求めた。

「すごいよ、君はユニークスキルを使わないでここまで強いだなんて」

だけど彼は応じない。俺の後ろに立っている誰かを見ていた。

「？」

後ろに立っていたのは運営のおじさん。俺に用があるらしい。

「これが賞金金貨三枚。そしてこれは副賞です」

運営のおじさんが俺に何やら、赤くグロテスクな生物を渡してくる。

「え……何ですかこれ……手足がうじゃうじゃ動いてい……まるでモンスターだ！」

俺は吐き気を催した。大量の脚が蠢《うごめ》いている！

「カニですよ！　カニ！　最近来たばっかりかい？　王都の特産物なんだ、こんなに大きいのは珍しいんだ！　両手で抱えこんでも溢《あふ》れちまうんですよ！　おいしいよ」

え、いらない。

俺はこのとき誰かの視線を感じとった。

視線の先にいたのは、サードだ。

ローブで顔は隠れているのに、物欲しげにこちらを見つめているような気がした。

「かにのすけ……」

すでに名付けてたのか。それほど欲しかったのだろう。

「すみません、これサードにあげて」

運営のおじさんは戸惑いながらもサードにカニとやらを渡した。

「え……くれるの？」

サードは呆気《あっけ》にとられている。手に入るとは思ってなかったようだ。

「おいしいみたいだよ。こんなのが欲しいだなんて変わり者だね」

サードは黙って、渡されたカニをただ見つめていた。

「あと、君、さっき『どうせ私に勝てるわけない……』って言っていたけど、それ言わなかったら君が勝ってたよ」

「え……」

「君のその思い込みを打ち破りたくなっちゃったんだ、俺がムキになってってね」

このとき教会の鐘が鳴った。

「クロエと勝負しているんだった！　じゃあ！」

「あ、待って……て速ッ」

――【俊敏祈願】20枚。

俺はミオを抱えて会場を後にした。

4

日が沈み始めると、ミオは一人で店に戻っていった。

合鍵ができるまではシュシュさんに直接会って、鍵を渡さなければいけないらしい。

俺はミオを見送って先に宿屋に戻った。

店の信頼度を上げるために《二枚花》になるつもりだったが、たった一日では実績を積みきることはできず、今日《二枚花》になることは叶《かな》わなかった。

「腕相撲大会優勝だけじゃ弱いか――……」

ガチャリとドアを開ける音がした、クロエだ。

美しい髪がもみくちゃだ。泣くのを必死にこらえている。

「どうしたのクロエ⁉　誰かにやられたのか？」

「ひっく……迷子」

「は？」

「ひっく、ここまでの帰り道が……わからなくて……もう二度と戻れないと思ったぞ……

一生の不覚ッ……！」

クロエはどうやら街中を飛び回る中で迷子になっていたらしい。

いまにも泣きそうなくらい声が裏返っていた。

「……お疲れ様でした」

クロエはファルマン領を出てから一人で行動するのが初めてだ。迷うのも仕方ない。

「とにかくお互いまだ《一枚花》だね。上に行くのは少し時間がかかりそうだ」

「「はぁぁあああ～…………」」

クロエと俺の声が重なりハーモニーを奏でる。

そこにさらにミオが帰ってきた。ミオもくたくたの様子だ。

「リュ……ックくん……」

ミオはドアを開けるとそのまま床につっぷした。

「……シュシュさんとやってけないかもしれない」

ミオはシュシュさんと何やらもめたらしい。

「ゴミを勝手に捨てるな、アタシが掃除できない女だと思ってるの？　掃除は開店前にやってるから、って言われた……」

「間借りなんだからそうは言ってられないでしょ」

「《一枚花》ごときに教えることはない。【御守り作り】の店なんて繁盛するわけないって」

……ミオが弱音を吐いた。そりゃもう吐きまくった。

「「「はぁぁぁ〜〜〜……」」」

弱音三重奏。逆に楽しくなってきた。

しかし、ミオは起き上がる。

「明日は看板を作っていく！　リュックくん、クロエちゃん、よろしくね」

ミオはめげない。そうだな。俺たちも頑張らないと。

5

俺がそう決心した、そのとき。

部屋に置いてある石板が電気を纏《まと》った。

「あ……第二王女マリアの【ON《オン》 - Air《エアー》】だ！」

石板に姿が映し出されると、ミオは大慌てで椅子に正座した。

「マリア様だ！」

ミオがご執心中のマリア。

シュシュさんにいじめられているのは、マリアも一因だと思うのだけれど。

映し出されたのは、マリアの全身……を映した鏡だった。

今日もお変わりなくエレガントだ。

宝石などで装飾された椅子に腰かけた彼女は、こちらに手を振っている。

「あわわ……」

ミオもふりふりと手を振り返す。

「今日は、朗読会の日。ワタクシが読み聞かせをします。これは、欲張りなリスさんのお話……」

マリアが子ども向けの童話を音読する。美しい声だ。

「ほう、懐かしいものだな、子どものころお父様の書庫で読んだぞ」

「あ、これ結構いい」

一日頑張った後の王女様の朗読、なかなか癒やされる。

こちらの姿が向こうに見えていないのもポイントが高い。リラックスした状態で聞けるのだ。ゆりかごの赤子のごとく、だんだんと力が抜けていく。

ミオは微動だにせず、ずっと石板に視線が釘付《くぎづ》けだ。

……。

……二十分ほどでその童話は終わってしまった。

「……この朗読会は、明日も行います。是非お越しになってください」

「はい！　はい！」

石板の前で元気よく返事をするミオを見て、俺とクロエは顔を見合わせて少し笑った。

そのとき。

コンコンとノックの音。

「どなた？」

しかし、返事はない。

ドアを開けても誰もいない。

……あ。

石板の音か！　城に誰かが来訪したんだ。

「そろそろ、入るよ、お姉様」

「入ってらっしゃい、アテネ・クー」

「いや、そこ私の部屋だから」

何者かがドアを開ける。

画面外から現れたのは麦色ロングヘアーで紫色の《八枚花》の獣人族の女性。

髪は銀の輪のようなもので、毛先のほうで二股にまとめている。

小さくも気品のあるティアラのおかげで、一目で王族とわかる。

ドレスは赤く、民族衣装のようなものなのか、下乳を出す露出度の高いものだ。

赤く塗られた頬のペインティングと親和性がある。

情熱的な赤色に反して、目は冷たく、クールな印象を与えた。

ヒトをベースにしている、耳としっぽだけが獣人という配分の獣人族。

狼の獣人族だ……耳が尖《とが》ってもふもふしている。

それだけですでに目立つ格好ではあったが、それよりも存在感があったのが彼女の持っていた「カニ」だ。

「きゃあああああああああああ」

クロエとミオは悲鳴を上げた。

「何だ、リュック・ストレイジ！　あの不気味なモンスターは！」

「カニだって。ワルドヘルツの特産品でおいしいらしいよ」

「あんな脚がうじゃうじゃしたものが特産品なの⁉」

アテネ・クーはマリア様の映った鏡の隣に椅子を置いてそこに座った。

「……はじめまして、第三王女、そして冒険者ギルド総司令のアテネ・クーです。普段は街を守っています。そしてこの子は、かにのすけ」

……かにのすけ？

サードも言っていたな。

それは「カニ」じゃないのか？　カニの中でも、そういう品種とかだろうか。

「緊張していますね、アテネ」

「当たり前でしょ？　マリアお姉様の放送に出るのは初めてだから」

アテネと呼ばれる女性はクールだが、口調に威圧感がある。

「あと、お姉様のその口調、お姉様っぽくない。放送中はずっとこう？　鳥肌立ちそう」

「何のことでしょう、王女として当然の振る舞いをしているだけですが？」

「まー……いーけど」

アテネは納得しない様子で、頭をポリポリと掻いた。

マリアはこほんと咳払《せきばら》いをした。

「何度頼んでも、ワタクシの放送に一度も出てくれなかったアテネが、なぜ今日に限って
ワタクシのお願いを聞いてくれたのかしら」

「……ちょきちょき」

「あら、どうしたのかしら」

アテネ・クーはカニを上に掲げて、右から左にゆっくりとスライドさせた。

クールな顔をして、不可解なことをする。

「……これで緊張した空気を切れると思って」

第二王女マリアはくすくすと笑う。

「ぷっ……あはははっ」

次第に彼女は抑えきれずに、自分の左ふとももを叩いた。何度も何度も。

マリアにしては品のない笑い方だ。

「馬鹿にしてるの？」

「いえいえ、あはは、してません、してません。やはりアテネは面白い子だなと」

「馬鹿にしてる」

アテネはクールな顔を崩さない。表情筋に自由が利かない子なのだろう。

「……用件なんだけど、このかにのすけ、ある人からもらったんだけど、その人にお礼を言えなかった……ありがとう」

アテネはカニを画面の前に突きだした。

「それだけ？」

「いえ、それともう一つ。父上の言う【花嫁戦争】。私参加しないから」

「あら、結婚に興味ないの？　あなたは充分に王座を狙える立場ですのよ？　アテネ」

「ない」

きっぱりと言う。

「私以外の皆が頑張れば？　私は今すぐに夫を探したりしない。婚約の話は全部断っているの」

マリアは少し前のめりになって目を細めて訊《き》く。

「こぉの反抗期。お父様の意向に反したいだけなんでしょー」

「違う。私よりも女王に相応《ふさわ》しい姉妹がいるってだけ、だから私は花嫁戦争に参加しない」

イザベルお姉様というのは、第一王女イザベル・ベネディクトのことだ。

「イザベルお姉様が王権を獲《と》ってもいいのかしら」

「そんなことは言ってない」

「結婚に興味ないなら恋は？　好きな人とかいないの？」

マリアは口角をにっこりと吊《つ》り上《あ》げる。王族というより、姉妹の会話だ。

「いない」

「……間があったね、学校に好きな子いるんだ」

「学校にはいない」

「へぇ……学校以外にはいるんだ」

「お姉様うざい」

アテネは目を細めて、くすくすと笑うマリアを睨んでいる。

完全にマリアが格上だ。

「今日はその相手に伝えたいことがあるんでしょ？」

「勝手に決めないで」

「今日はいつもよりも髪の毛が綺麗。装飾も特別なものを選んでいますね？　その彼に何かアピールしに来たのでは？」

「……そういうなんでも見抜いてるみたいな目つき嫌い」

アテネは顔をふんと横に向けた。

……しかし、しばらくしてアテネはこほんと咳払いをした。

「私は花嫁戦争には参加しない。皆で勝手にやってろと思う……でもね」

カニを掲げてこちらを見つめる。

「このかにのすけをくれた人、その人が来るなら別、花嫁戦争に参加してもいい」

マリアは目を丸くした。

「……あなたがこの放送を聞いているなら、今日これを渡してくれたあの場所に、明日の昼来て。特徴は敢《あ》えて伏せる。偽者を見分ける意味もあるから」

アテネ・クーは全てを言い終わると、その場から去っていく。

マリアはパチパチと拍手をした。

「へぇ～……カニをあげて王女とお近づきになれるなんて、すごいこともあるもんだなぁ」

俺には関係ないことだと、ぼんやりと聞いていた。

何か引っかかるが、まぁいいや。

明日も階級上げと開店準備で大忙しだ。

さぁ、さっさと寝よう。

第三章　幸運ゲーム

ドンドンドン。

「アリシアいる？　アリシア起きて！」

宿の店主さんに頼み込んで、俺たちはアリシアの泊まる《二枚花》の棟に来た。

ノックには応じない。

ワルドヘルツに来て三日。

キューンはおろか、アリシアともまともに会えていない。いくら自由奔放なアリシアとはいえ、少し心配になってきた。

ブチッ。

「ああ！　バッグに付けていた【攻撃祈願】の緒が切れた！　補修しないと……」

なんだか今日は縁起が悪いな……何かが起きる前触れなのだろうか。

「店主！　お姉様はどこにいるのだ！」

店主はクロエの迫真の詰問に戸惑っている。

「早朝に出てったよ！　何か差し迫った顔だったが……」

「ゆうべは帰ってきていたのか……クロエのように迷子になったわけじゃないんだ」

クロエはキッと俺を睨《にら》んだ。

「……まぁお姉様も立派な騎士だ。心配ないだろう」

「無事とわかったら俺たちも開店準備だ。こっちはこっちでどんどん進めよう」

1

宿を出ると、街には昨日とは違う異質な空気が漂っていた。

まずは街が磯《いそ》臭い。

急に海の近くに来たかのような錯覚だ。

通りかかる漁師たちが大はしゃぎしている。

「えっさほいさ、えっさほいさ、今日はカニ祭りだ！」

「すぐに海に潜った甲斐《かい》があったなぁ！　これで俺たちボロ儲《もう》けだ」

カニをたんまり載せている台車がたくさん目の前を横切った。

「奇怪だな！　まさか昨日の【ON《オン》 - Air《エアー》】の影響か？　能力一つでこうも街が変わるのか⁉」

「リュックくん、皆騙《だま》されてるんじゃない？　あんなの売れるわけないよ」

クロエとミオはこの流れを訝《いぶか》しんでいる。俺だってそうだ。

「放送に商品を映すだけで、こんな怪物でも経済効果が生まれるんだ。第二王女マリアおそるべし……」

磯臭くなった商業区域を通ってミオの店に向かう。

途中で、木材とペンキを買うのを忘れずに。

そして俺たちはお店に着いた。

〝谷間見放題ＢＡＲ　モミテイナ〟

信じられないことに、ここはミオのお店でもある。

ガチャ。

「うわぁ……、今日も大盛況だこと」

ゴミ。

俺たちをお出迎えしたのは、大量の食べかすと酒瓶のゴミ。

よく一晩でここまで汚くできたものだ。

掃除は早急に済ませて、本題の看板作りに取り掛かる。

2

「うーん、老舗っぽい字にしたいなぁ」

ミオは右手に筆を持ち、顎に手を当てて考えている。

目の前にあるのは腰までの高さの一枚の木の板。

「ミオ、看板にしては小さくない？」

「昼と夜でお店が違うから、大きな看板は揚げられない。店の前に立てる看板にしたいの」

「それでミオ殿、店の名前はもうお決まりか？　我が考えようか？」

クロエは身を乗り出してきた。

「『史上最強御守《おまも》り店』とか？」

「馬鹿にするな！」

クロエは熱した鉄のように赤くなり、カンカンに怒った。

「うん、店の名前は昔から決まってるの」

「どんな名前？」

「……九重《ここのえ》ノ御守屋《おまもりや》・二号店」

「二号？　本店はどこに？」

俺の質問に答えずに、ミオは筆を走らせる。

達筆だ。

ミオは大きく息を吸って、言った。

「一号店は……私の実家の小さな蔵」

「……蔵？」

「私がね、まだ小さかったころのこと──」

この世界にスキルの差があるなんて、まだ知らなかった五歳のころ。

お父さんはね、私の前で御守りを作ってくれた。
すり鉢にね、モンスターの素材を入れて、棒ですって、巾着に入れると光が宿った。
その御守りはね、すごく輝いて見えたの。
——すごい、お父さん、魔法使いみたい。
——はは、お父さんはすごいんだ。でもミオはもっとすごい魔法使いになれるよ。
——ねぇ、これ皆に自慢していい？
——それは……。
お父さんは御守りを他人に見せることを躊躇《ためら》った。
当時は不思議だったけれど、今思うと当たり前。
自分の御守りを持っていたら、娘が迫害されると知っていたんだ。
——ねぇ、いいでしょ？
——うーん……、ああ、そうだミオ！
お父さんは私を蔵に連れて、埃《ほこり》をかぶったボロボロな屋台車を見せてくれた。
——けほっけほっ、古くて汚い。
——これがいい味出すんだよ、見てなさい、ミオ。
お父さんは作った御守りを屋台に並べて、ランプを取り出して店を作った。
ランプの近くに置かれた御守りは、神秘的に照らされていた。
——さぁ、お嬢さん、ここは不思議な力を持つ御守りを扱う「九重ノ御守屋」だよ、お友達ができる御守りや、勇気の出てくる御守りもあるんだよ。

——わぁ……本当に魔法使いさんみたい。

——他の人にここを教えちゃいけないよ。教えると御守りの効果がなくなっちゃうんだ。

——うん！　これは魔法使いさんと私の秘密、一つくださいな。


「私には、あの屋台車が、御伽噺《おとぎばなし》のカボチャの馬車よりも輝いて見えた」

ミオの筆が進む。

「誰よりもすごいお父さん。……それが五歳までの私の世界」

文字が感情的になる。

「六歳になって、それがお父さんの強がりだってわかった。……そのことをひどく謝られた」


六歳になると【スキル鑑定の儀式】がある。

そこでお父さんと同じ【御守り作り】とわかった私は無邪気に喜んでいた。

でもそんな私にお父さんは頭を下げた。

——お父さんは誰よりも弱い魔法使いだったんだ。ごめんよ。

——ミオにも同じ運命を背負わせてすまない。

——【御守り作り】は弱いんだよ。あの日からミオを騙し続けて、ごめんよ。

それを聞いて私は喪失感でいっぱいになり、その日はいっぱい泣いた。

——どうして嘘《うそ》なんてついたの？　お父さんなんて大っ嫌い。

お父さんはずっと「嘘をついてごめんよ、ごめんよ」と私の頭を撫《な》でて謝り続けた。

あの日以来、お父さんは御守りを作らなくなった。

そして私は「大っ嫌い」って言ったことをすごく後悔している。


「だって私はあの御守り屋を見たとき、すごく嬉《うれ》しかった。お父さんのあの店が大好きだった。あの一夜限りのお店はまだ私の中で営まれ続けている」

ミオは書き終わる。

「だから……九重ノ御守店・二号店」

……ミオは自分の額の汗を拭いた。

パチパチパチ。

拍手の音がする。

クロエの拍手。優しい顔だ。

「ミオ殿のお店は必ず繁盛する」

クロエは、胸ポケットから【病気平癒祈願】の御守りを取り出す。

「これがなければ、我は外界の空気をまともに吸うことができなかった。感謝している」

俺もバッグに吊《つ》るされた一枚の【攻撃祈願】の御守りをミオに見せつける。

「俺もミオの御守りがなければ、土竜蜘蛛《もぐらぐも》の洞窟で死んでいた、本当にありがとう」

ミオは目を潤ませている。

「ミオを」「ミオ殿を」

「必要にしている人はもっといる！」

珍しくクロエと意見が一致した。

ミオは俺たちに満面の笑みを見せた。

「……うん、ありがとう！　お店、繁盛させようね」

そのとき。

ドンッ。

ガラの悪いチンピラどもがドアを蹴り開けて、店の中に入ってきた。彼らはいずれも
《四枚花》だ。

それとは別に、まんまると太った豚のような商人が嬉しそうに入ってくる。

「ほほほ、カニのお店を今日より開店じゃ！　大儲け大儲け！」

「え？」

一瞬、意味がわからなかった。

ミオがとっさに対応する。

「す、すみません、ここは私たちのお店で……」

「ほほほ？」

商人は品定めをするようにミオをじろりじろりと舐《な》めるように見る。

「ほほほ、《一枚花》かの、ワシは《七枚花》じゃー！　ここはワシが店を出す！」

「あ、だから」

ミオが反論しようとすると商人はミオを睨んだ。

「見えんのか？　ワシは《七枚花》……身の程をわきまえんか、このクズが」

「え……」

「『開店準備をしてたのは私たちが先』と言いたいのじゃろ、でもなワシらのほうがお客様を喜ばせられるのじゃ、運も、努力する才能もない《一枚花》はワシに店を譲るのが一番生産的じゃろうて……ほほほ」

その商人によると昨日の放送によって、カニ産業が盛んになると踏み、即座に店を開店することを決意したとのことだった。

「愚か者！　なんて自分勝手なんだ！」

クロエは剣を構える。

「やめて！　クロエちゃん！」

「……ほほう」

食い止めるミオに商人は感心した。

「ほっほっほ、そこの黒髪の娘は長生きするぞ！　ワシには媚《こ》びを売っておくのじゃ、ほほ……《七枚花》のワシはおぬしたちに何かしらの罪を着せて、一方的に牢獄《ろうごく》にブチ込むことも可能なのじゃー！　裁判官の多くは《六枚花》じゃからなー！」

「なんて卑劣な男なのだ！」

クロエは顔をしかめた。

「ほっほっほ、その刃は不愉快だ、折っておこう」

突然商人の目は金色に光る。そして右手をかざした。すると。

ポキ……。

カランカラン。

「なに……？　我の愛剣・滅殺のヴァルキュリアが折れた⁉」

物騒な名前の刺剣の剣先が、誰も触れていないのに真っ二つになった。

「ほほほ、摩耗劣化が今来おった！」

「まさか貴様のスキルか？」

「ほほほ、運が来とるのぉ！　なぁ、カスども」

「今日も……すごいッス。カネモチ様」

カネモチ⁉

確か商業ギルドの受付の娘が気をつけろと言っていた人物だ……。

チンピラどもはいずれも顔の傷が厳《いか》つく、喧嘩《けんか》慣れしてそうな見た目だ。

とても商人には見えない。

しかし、彼らは全員カネモチに怯《おび》えており、その関係は「ビジネス」というより、「恐怖」で繋《つな》がった主従関係のように見えた。

よく見ると、チンピラの首にはいずれも、飼い犬につけるような首輪がついていた。

全員で飛び掛かれば、倒せそうなものだが。

そうしないのはきっと、何度も試しては失敗しているのだろう。

おそらくカネモチのユニークスキルが強すぎるのだ。

「これがワシのユニークスキル！【幸運】じゃ！　ワシが願えば、都合の悪いことは起きないし、起きて欲しいことは起きるのじゃ！」

カネモチは両手で万歳しながら、自分のスキルの素晴らしさを語った。

本人が願うと、目が金色に光り、幸運な結果を引き寄せる。

なんて化け物じみたユニークスキルなんだ。そんなの神の子と言っても過言じゃない！

彼のスキルには何かリスクがあるハズだ。

そうではなければ、運だけでクロエの剣を折るなど強すぎる！

……金色に光る目？　……もしかして。

俺はふと、【慧眼《けいがん》の黒獅子《くろしし》】の回復術士のロレンスのことを思い出していた。

彼のユニークスキルは【蛇《ジャ》ノ眼《メ》】……目を見た者を数秒動けなくする強いスキルだ。

そのスキルを使うとき、頭がすごく疲れると言っていたっけ。

……俺の中に一つの仮説が生まれた。

もしかして、この男のスキルって……。

「そうそう、ここで傷害事件を起こすのは得策ではないぞ、営業停止の恐れがある。しかもここは間借りのようじゃな。ビジネスパートナーにも迷惑がかかってしまうぞ、ほっほっほ」

「シュシュさんに……迷惑が？」

ミオの思考はショートする。ただ立ち尽くす様子は、物悲しい。

「ほーっほっほっほっほっほ！」

カネモチは高笑いをする。

なんだよ、それ。

店をみすみす渡すしかないってことかよ！

俺はやるせなくなり、思いっきり右手の拳を握った。

「じゃから、この店はワシのもの、……ん？」

カネモチが目をつけたのは、ミオが先ほどまで書いていた看板。

それを見てにやぁと目尻がたるむ。

「【御守り屋】か……こんな商売上手《うま》くいくハズなかろうに……《一枚花》の者が考える商売とはなんと発想が貧困なのじゃろう」

カネモチは足を大きく振りかぶった。

「……踏まないで！」

ミオはカネモチに懇願する。

「……それだけは、壊さないで！」

ミオは膝を床に突いて、手を合わせてカネモチに頼み込む。

「……ワシにしっぽを振れるなんて、チミは生きるのだけは上手いようじゃなぁ、いいだろう！」

ミオは一瞬希望の表情を浮かべた。

しかし。

バキィイッ！

カネモチは勢いに任せて、看板を踏み抜いてしまった。

「懇願する姿はそそったぞ！　チミはワシの経営する娼館《しょうかん》で働くのじゃ。チミにはそっちのほうが合っておる」

「そ……そんな、うっ……うっ……」

ミオはその場にへたり込んだ。

その姿はそのまま消えてしまうんじゃないかと思うほど小さく見える。

泣き声は漏れないように我慢しているが、嗚咽《おえつ》で身体《からだ》はひくひくと震えている。

「小娘、働きたくないなら死ぬか？　じゃあこれを使うのじゃ」

「え……」

カネモチが差し出したのは、異形な鉄の武器。

一瞬ブーメランのように見えたが、彼曰《いわ》く、「魔導銃」というものらしい。

「操作は簡単じゃ、この引き金を引くと、魔力弾が射出されるのじゃ、自分の頭に突きつけて引き金を引いてみぃ、楽に死ねるぞ？　ほっほっほ」

「あ……あ……」

ミオは一層顔を暗くする。魔導銃が手渡された。

「ワシもな、第一王女であり、魔導研究所所長である、イザベル・ベネディクトの発案した最新兵器、『魔導銃』の威力を知りたくてな、どうじゃ？　小娘」

「死にたく……ないです」

「まぁ、そうじゃろう、ワシとて殺戮《さつりく》を趣味とはしとらん。そこで、ここは一つ運試しといかんか？」

「運試し……？」

「この銃の弾倉は十二発入り。だが、敢《あ》えて一発だけ弾を入れとらん」

「弾倉……？」

要するに、その銃には十二台の大砲が搭載されており、一台だけ砲弾が込められてない状態らしい。

「もしチミがその一発を引き当てたら、ワシも男だ。チミの『運』に免じてここから去ろう」

「本当……ですか？」

ミオは「魔導銃」をじっと見る。

「やめろミオ！　こいつはその武器の威力を知りたいだけだ！」

なんて奴《やつ》なんだ。

こんな奴……店の事情がなければ今すぐにでも殺してしまうのに。

……殺せる。

……一つだけ。

……一つだけ、こいつを殺す方法がある。

……命じゃない。ある意味それよりも大切なものを殺せる。

こいつのプライドも、商売人としての人生も、全てを壊してしまう方法がある。

「あの、カネモチさん」

俺はカネモチに声をかけた。

「なんじゃ？　君はどこから現れた？」

彼は初めて俺を認識した。どうやら俺のことは石ころか何かだと思っていたらしい。

俺は魔導銃を、ミオから奪い取った。

「ほっほっほ、ワシを撃つ気か⁉　無駄じゃ、ワシに弾は当たりはせん」

――【幸運】！

そして俺は――――。

俺は銃口を自分の――自分のこめかみに向け――「え？　リュックくん！」――「何をしている！　リュック・ストレイジ！」――人差し指に力をこめる。

そして引き金を引いた。

ガチャリッ。

…………………。

何も起きない。

目を覆っていたミオとクロエは、おそるおそる俺を見る。

「うそ……」

俺は立っている。

カネモチの言う空《から》の一発を引き当てたのだ。

――【開運祈願】5枚。

発動したのは、想《おも》い出《で》の御守り。運気の上がる御守りだ。

俺はカネモチを睨んだ。

「さぁ、撃ちました。約束です。帰ってください」

カネモチは俺を見て目を丸くした。

そして大きな腹を抱えて笑った。

「ほっほっほ！　本当に引き当ておった！　愉快愉快！　じゃがワシは帰らんよ、ワシはこの小娘に、ギャンブルを挑んだのじゃ。チミになんて言っておらん！」

そう簡単には折れてくれない。

そう言うと思っていた。だから俺はこう返した。

「……アンタのユニークスキルも大したことないな」

「ほ？」

カネモチは笑い声を止めた。どうやら聞き捨てならなかったようだ。

「今と同じこと、アンタにはできないだろ？」

「……何じゃと？」

《一枚花》から挑発されたことなどないのだろう。少し戸惑っている。

「何が《七枚花》だ。《一枚花》の俺以下じゃないか」

カネモチは思ったことがすぐに顔に出る。青筋を立てた表情には俺への殺意がみなぎっている。

「殺すぞ……ガキが」

カネモチの口調が変わる。朗らかだった目も、今は針のように鋭い。

「そんな啖呵《たんか》じゃなくて、アンタのスキルが俺に勝っていることを教えてくださいよ」

鬼気迫る俺の態度に、ミオもクロエも、チンピラどもも固唾を呑《の》んでいる。

カネモチは、俺の誘いに乗った。

「……ガキが、ここは一つ運試しといかんか？」

「望むところです」

子どもっぽい性格で助かるよ。

彼は自分の生まれ持ったスキルにモノを言わせて、数多《あまた》の人を黙らせてきたのだろう。

俺は彼から「成長してきた大人」らしさを一片も感じなかった。

カネモチは俺に手を差し伸べる。銃を渡せということらしい。

「十二発入りの弾倉に、今度は一発だけ銃弾を入れておく……これを順番に、自分の頭に突きつけて、その一発を引いたほうが負けじゃ」

「それでいいですよ」

「待て！　リュック・ストレイジ！　そのルールではどちらかは必ず死ぬではないか！というか無謀だ！　やめろ！　こんな運試しなど！」

クロエは俺の胸ぐらを摑《つか》む。

「うん、そうだね、誰かは死ぬ。でもそれは俺じゃない」

「言いおるわ、ガキが……」

俺とカネモチは席につく。

「私、お店諦める！　御守りなんてもういい！　リュックくんやめて！」

ミオは泣きながら俺に懇願する。顔がくしゃくしゃだ。

残酷なことに、俺はミオの言うことを聞かなかった。

「ミオ。俺に死んで欲しくなかったら、今すぐ【開運祈願】を作ってくれ」

「え」

「クロエ、【開運祈願】の素材を超特急で買いに行ってくれないか？　一人でおつかいできる？」

「ば、馬鹿にするな！　できるに決まってるだろう！」

　俺はクロエに金貨一枚を渡す。

「クロエのおつかいに、俺の命預けたから」

「……甘くみるなよ。我はファルマンの騎士だ！」

　クロエが少し笑ったような気がした。

　バタン。

　そう思うやいなや、クロエは音速で店を飛び出した。

　このゲームの勝利はクロエとミオに懸かっている。俺はただ、引き金を引くだけだ。

「ほっほっほ、御守りの効果は重複しないぞ。【開運祈願】一枚でどこまでやれるかの？」

　こいつは決定的な勘違いをしている。

【荷物持ち】の持つ御守りは効果が重複するという事実を知らない。

「ちなみに、この魔導銃は防御を貫通する作りになっておる。どうじゃ、怖いじゃろ」

　つまり、【防御祈願】には期待できないということか。

「十一発も空なんだから、一発目で引くわけない……」

「ほっほっほ、いつまで言ってられるかのぉ」

　コイントスで先攻・後攻を決める。先攻は俺だった。

　目の前に砂時計が置かれる。

「間延びした遊びは好まぬ。砂が落ちる前に撃たねばならんルールはどうじゃ？」

「いいですね。この砂が落ちきるまで、ゆっくりできますので。ところでお茶はどうですか？　せっかくなので一緒に飲みましょうよ」

「減らず口が……！」

俺は食器の準備をする。

静寂の中でカチャカチャという食器のぶつかる音だけが鳴り響く。

俺は紅茶を二つ淹《い》れて、カネモチに差し出した。

「もちろん毒は入っていません。雑談でもしましょうよ」

「なんじゃ、その自分は無関係みたいな態度は……ッ」

俺の作戦は二つだけ。

時間稼ぎと挑発。

クロエが素材を買ってくるまでの時間を稼ぎつつ、カネモチがこの悪魔のゲームを放棄しないように場を保つこと。

だったら、俺がムカつく行動を取るのが最善なんだ。

「……カネモチさんは花嫁戦争に興味は？　《七枚花》なら充分婿候補では？」

「黙れ、小僧がッ！」

「ゲームに緊張していて雑談する余裕もありませんか？」

「チミと話すことはない、そのまま死ね」

カネモチは砂時計を凝視した。見つめても落ちる砂の量は変わらないのに。

数分経《た》って、カネモチの頬が緩んだ。それは「そろそろ砂が尽きる」合図でもある。

彼が催促する前に、俺は脳天に銃口を向ける。

カチャリ。

「きゃ」っとミオの小さな悲鳴が聞こえた。

……ハズレだ。

「……一。さぁ、カネモチさん、どうぞ」

「……チミは今の事態を正しく把握できとらんの。ワシがわからせてあげよう」

カネモチは銃を受け取ると、口角をニヤァと吊《つ》り上《あ》げた。

――【幸運】。

「二、三、四！」

カネモチは三回引き金を引いた！

なんてことだ。複数回引き金を引くなんて！

時間稼ぎをするつもりだったが、これは計算外だ。

カネモチは俺に銃を差し出し、砂時計をひっくり返す。

「もちろん……花嫁戦争には一枚嚙《か》みたいと思っておる。特に第一王女イザベル・ベネディクトに目をかけられたいものじゃ。こんな恐ろしい魔導銃が作れる冷徹な女じゃからの」

「冷徹な女が好みなんですか？」

「ああ、そうじゃ、実物はお目にかかったことはないが、そう聞く。自分が切り捨てる側だと思っている女が一番良い……切り捨てられたときの顔を想像するだけで滾《たぎ》るわい」

カネモチは饒舌《じょうぜつ》だ。余裕をアピールしているのだろう。

俺は紅茶を飲む。

「カネモチさんの【幸運】は大したことないから、お近づきになれませんよ」

「死ね！　ガキがァアアアッ！」

突然カネモチは俺に摑みかかる。

ガシャンンッ！

俺に馬乗りになり、何度も何度も殴りつける！

「身の程をわきまえろ！　ガキが！　ガキが！　ガキがぁ！」

「リュックくん！」

もちろん【防御祈願】で痛くもかゆくもない。

「……だからさ、自分のスキルに自信がないから俺を殴ってるんだろう？　俺の吠《ほ》えづらが見たいならゲームで勝ってくださいよ」

自分でも笑えるくらい嫌な奴だ。

ドカァッ！

「そのつもりじゃよォ！」

カネモチは俺の腹を蹴り上げる。

「……それではゲームを再開しましょう……おや？」

俺は砂時計がさっきの乱闘で横になっていることを確認した。

「しばらく時計が止まっていたみたいですね。どちらが上かもわからない。ここは最初からスタートしましょうか」

「……貴様、時間を稼ぐためにわざと殴られたのかッ！」

俺はにやりと笑ってみせた。

そう、砂時計は俺が意図的に倒した。時間をうやむやにするために。

しかし、カネモチはその瞬間を確認していないのだから文句も言えない。

もう一度、砂時計をひっくり返し、ゆっくりゆっくりと砂が落ちるのを確認する。

砂時計の砂が尽きる前に一言。

「五」

カチャリ。

俺が五発目の弾倉も空であることを確認する。

――【幸運】。

「ほっほっほ、六ッ！」

俺が銃を渡すと、カネモチは即座に引き金を引いた。

「これが……【幸運】の力じゃ……ほっほっほ」

カネモチはまだまだ余裕の様子だ。

俺は頬に冷たい汗が流れるのを感じた。

残り六分の一……【開運祈願】五枚じゃ心許《こころもと》ないかもしれない。

そのとき。

バタンッ！　と扉の開く音が鳴った。

「リュック・ストレイジ、まだ生きてるか⁉」

「クロエ！」

クロエが帰還した！　汗びっしょりだったが、何かをやり遂げた顔だ。

「はぁ……はぁ……驚くなよ、リュック・ストレイジ」

クロエは大きな鞄《かばん》を持っていた。

その中身こそが、きっと俺が待っていた〝希望〟だ。

「一人でできたぞ……おつかい！」

3

《生成完了……【開運祈願《かいうんきがん》】×10：強い魔物の素材から生成された御守り。ランクC。重量30。運のよさが上がる》
「これで三十個……リュックくん！　【開運祈願】だよ！」
ミオは砂が落ちる間に大量の御守りを作ってみせた。
「ありがとう、ミオ」

俺はその御守りを今は使わない御守りと入れ替える。

これで三十五枚の【開運祈願】が俺のバッグの中に入っている。

それを見てカネモチは腹を抱えて、大笑いした。

「ほっほっほっほ！　何にも知らんガキどもめ！　御守りの効果は一人一つまでしか享受できん！　無知で愚かな《一枚花》よ！」

無知を晒《さら》しているのはお前だろ。

カネモチはトントンと砂時計を指で差す。もう時間だ、ということだろう。

「わかってますよ」

俺は銃口を自分の頭に当てる。

俺は目を瞑《つむ》って思い出す。

レオン率いる【慧眼の黒獅子】に属していた時代を。

楽しかった冒険の日々、そして裏切られたあの日。

俺の人生は、あの日で終わっていたはずなんだ。

そしてこの命を助けてくれたのは、紛れもなくミオとミオの御守りだ。

「だから信じられる。ミオの御守りを」

この命をミオへ捧《ささ》げる。

カチャッ。

「……七」

全員のふぅという溜め息が聞こえてきた。

カネモチは「まだ当たりを引かないのか」と握り拳を作る。

「ぐぅう……しぶといやつめぇッ！　さあ銃を渡せ！」

カチャ。

銃は渡さない。

「……八」

俺はもう一度、引き金を引いた。

「ほッ⁉」

カネモチは大声を上げた。

他の皆も同様だ。

カチャ。

「……九」

カチャ。

「……十」

「リュックくん！」

「リュック・ストレイジッ！　何をしてるか！」

ミオとクロエの動揺の声。

カチャッ。

「……十一」

…………………………。

俺はカネモチを見てにやりと笑った。

十二発中、一発に実弾が入っている。……しかし十一発撃ってもまだ弾が出ない。

……つまり。

次は必ず当たりが出る。

そして、俺は銃を机に置く。

「さぁ、カネモチさん、次、どうぞ」

「……ほ？」

カネモチは事態を把握できずにいた。

「あなたの番ですよ？」

「待ってくれんか？　ちょっと考えてての、ほほ」

カネモチは自分の頭に手を当てていた。

俺は苛立《いらだ》ちを込めて言う。

「撃てよ」

「今考えごとをしてるって言ってるじゃろうが！」

残り一発の弾倉の中に一発の銃弾。

つまり、次に銃弾を引く可能性は百パーセントだ。

カネモチの【幸運】で、今からこのゲームに勝つことは可能なのだろうか？

「俺たちの勝ちにしてくれるなら、その引き金は引かなくていいですよ」

もちろん、これは本心ではない。カネモチをゲームから降りさせないための挑発だ。

きっとこいつは弱者が用意した逃げ道なんて、使いたがらないだろうから。

彼は子どもっぽい性格だ。勝ちを確信した俺を驚かせたい心理が働くはずだ。

カネモチはニヤニヤと笑った。

「誰が諦めると言った？」

ほら。乗った。

カネモチは自分の頭に銃口を向けた。

「……ほっほっほ、残念残念、この銃は不幸にも壊れておる」

お前が今から壊すんだろ？　その幸運で。

「引き金を引いても、最後の一発は出ないのじゃ。ほっほっほ」

――【幸運】。

「いや、その銃は壊れてないよ」

――【開運祈願】35枚。

「は？」

俺の【開運祈願】をカネモチの【幸運】にぶつけた。

俺にとっての幸運は、カネモチの銃が「壊れていないこと」。

【開運祈願】は何でも思いどおりになるような無敵の御守りじゃない。

相手の急所に技が当たりやすくなったり、逆に自分の急所に攻撃が来なかったりといった、ありふれた効果だ。

ラッキーを増やして、アンラッキーを減らす御守りとでも言うのだろうか。

つまり、【開運祈願】が三十五枚ある状態で、「勝てるギャンブルの佳境でたまたま銃が壊れちゃう」など、そんな運の悪いこと起こるわけがないのだ。

「ほっほっほ、何を言っておる、若いの……この銃は……この銃は」

「壊れてないよ」

「……！」

ガタガタガタ。

いつのまにか、引き金にかかったカネモチの指は震えている。

「初めてなんだろ？　……大丈夫じゃないかもと思っているの」

俺はカネモチの目を見て、はっきりと言った。

「《七枚花》様。これが庶民に視《み》えてる世界だよ」

「ぐ…………ッおおおおおおおおッ【幸運】！」

【開運祈願】35枚。

「その銃は壊れていない」

「おおおおおおおおおおおおおおおおおおおおおッ」

――【幸運】！

――【開運祈願】35枚。

俺はカネモチの顔をキッと睨む。

「その銃が運悪く壊れることなんてありえない」

カネモチは威嚇するように立ち上がる。

「ワシは今までこの【幸運】で全ての難題を乗り越えてきた！　きっと今日だって、そうじゃろぉおおおおおお？」

考え方が幼稚で粗暴。人生の蓄積を何も感じない。

自分のユニークスキルが優秀すぎたため、彼は生きるうえで、真っ当な思考を必要としなかったのだろう。

「まいった！　もうここには来ない！」……その一言を言うだけの知能があれば、死ななかったのに。

さぁ、勝負に乗ったからには降りるなよ。

カネモチの【幸運】と俺の【開運祈願】の鍔《つば》迫《ぜ》り合《あ》いだ。

【幸運】！【開運祈願】！【幸運】！【開運祈願】！【幸運】！【開運祈願】！【幸運】！【開運祈願】！【幸運】！【開運祈願】！【幸運】！【開運祈願】！【幸運】！【開運祈願】！【幸運】！【開運祈願】！【幸運】！【開運祈願】！【幸運】！【開運祈

願】！【幸運】！【開運祈願】！

「この銃壊れてるぅぅぅぅぅぅウウウウ！」

「その銃壊れてないッ！」

カネモチは涙を流しながら、銃に【幸運】を祈り続けている。そしてもう一つの変化として、カネモチから鼻血が垂れていた。

「なんじゃ、この鼻血は！　貴様！　ワシに何の攻撃をした！」

何もしていない。

ただカネモチが疲れただけだ。

さきほども思ったが、カネモチの【幸運】とロレンスの【蛇ノ眼】は少し似ている。

脳に負担のかかるスキルは、使いすぎると鼻血が出る。

俺が【慧眼の黒獅子】にいたころ、一度だけロレンスが【蛇ノ眼】を使いすぎた日がある。彼は倒れ、数時間意識不明の状態だった。

結果無事だったけれど、医者によると、これ以上使うと脳に負担が行きすぎて、スキルを消失する危機だったらしい。

俺はそのことを思い出して、カネモチに何度も【幸運】を使わせた。

砂時計が示す時間はとっくに過ぎている。

何百回目だろう。カネモチが【幸運】を使ったのは。

「……あれ？」

カネモチは目を大きく見開いた。

「あれ……？　あれ……？」

カネモチ以外の誰も、その異常事態に気づけない。

「どうしたのだ……あの男」

クロエは訝しんで彼を見る。

カネモチは銃を手に持ったまま、凍ったように硬直している。

俺はカネモチに脅迫されていたチンピラに声をかける。

「この中に鑑定スキルを持っている人はいませんか？　カネモチに【スキル鑑定】を使っていただけませんか？」

「俺が使える……だが」

スキンヘッドの男が手を上げる。しかし歯切れが悪い。

勝手なことをしてカネモチから懲罰をくらうことを恐れているのだろう。

「大丈夫だから」

俺がそう言うと、鑑定士は忍び足でカネモチに寄った。

――【スキル鑑定】。

「何だと⁉」

その鑑定結果を見た男は、大声を出して驚いた。

「カネモチ様のスキル……空《から》だ！【幸運】どころか何も書かれてねぇ！」

「なんじゃとぉッ！」

その言葉を聞いて、一番驚いたのは、カネモチだった。

カネモチは、銃を手放し、男に摑みかかった！

「なんで⁉　なんで⁉　なんでワシの【幸運】がなくなるんじゃ‼」

「知りません！　知りませんってば！」

俺は銃を拾いあげ、それをカネモチに渡そうとする。

「……【幸運】を一度に使いすぎたんだ」

「つ……使いすぎた？」

カネモチは俺の差し伸べる銃を見つめている。

「あなたの能力には常識を超えた力があった。だけどその分、脳に負担をかける。昔医者に聞いたことがある。一度に急にスキルを使いすぎると、脳が発動を拒否して、ユニークスキルが消失することがあるって」

カネモチは俺を睨む。

「い……今は疲れているだけじゃ！　休めばまた使えるようになっておる！」

鑑定スキルを使った男は顔を横に振る。

「それだけじゃスキル欄からスキルが消えたりしない……これはスキルが消失したと考えるべきでしょう」

「う……嘘じゃ、嘘じゃ嘘じゃ！」

カネモチは信じられない様子だ。

手足は震え、身体を縮こまらせる。

「鑑定士の人、一つお訊《き》きしたいのですが、このワルドヘルツでスキルが消失したら、階級はどうなるんですか？」

「残念ながら……無能力者は、どんな階級の者でも《一枚花》に下がってしまう……」

「《一枚花》⁉　ワシが⁉」

場の全員がカネモチを睨む。

カネモチはただただ狼狽《うろた》えて、椅子に座って頭を抱えこんだ。

「嘘じゃ、ワシは《七枚花》じゃ、これは悪い夢じゃ！　嘘じゃ！　嘘じゃ！　嘘じゃ――!!　こんな不幸がワシに降りかかってくるわけがない！　うわあああああああああああああああああああああああああああ――――ッッ!!」

カネモチは絶叫すると……こと切れたように気絶した。

バランスを崩し、数秒後には、彼は頭から床に衝突する。

しかし、俺は椅子に座りながら足を伸ばして、彼の顔面を足の甲で受け止めた。

彼の鼻血が床に付着することを気にしてのことだ。

ガッ。

「……おい」

カネモチは舌を露出して気絶したため、俺の靴を舐める格好になる。

「穢《けが》すなよ、ミオの店だぞ」

カネモチはその醜い身体をピクピクと痙攣《けいれん》させていた。

第四章　第四王女・メアリー・リーリエール

ミオの店の前には人だかりができていた。

「カネモチがユニークスキルを失ったらしいぞ！」

近隣の商人たちは皆大はしゃぎ。俺と肩を組んでくる。

「すげーじゃねえか《一枚花》！　どうやったんだよ！」

「皆困ってたんだよ！　アイツは人の店のものを強奪してたけど誰も手を出せねえ。アイツに目をつけられないように皆精いっぱいだったんだぜ」

俺は彼らに、もみくちゃにされながら言った。

「【開運祈願】のおかげですよ！　皆さん開店したら是非使ってみてください」

「すげぇなぁ、御守《おまも》りとか注目したことなかったけど興味でてきたよー」

俺の発言が珍しく素直に受け止められた。

カネモチは泡を吹いた状態で床につっぷしている。床が汚れぬようシートを敷いて。

俺が胸を撫《な》でおろして椅子に座ったとき。

パカラパカラ……。

表通りから馬車がやってきた。風俗街に似合わぬ優雅な白馬だ。

「あの白い修道服と金の天秤《てんびん》のブローチ……教会裁判官か」

近隣の商人が訝《いぶか》しそうに呟《つぶや》いた。

「堅苦しくて、苦手なんだよなァ……」

教会裁判官は神の下に罪人を裁く者。

神を信仰し、治癒魔法の勉学に励み、人を愛し、人を赦《ゆる》し、罪は赦さない。

信仰に篤《あつ》い人の主な職業は、冒険者なら回復術士。

街に留まるなら、教会の修道士、シスター。街に結界を張る聖女。そして教会裁判官。

この中で最も信心深いと言われているのが教会裁判官だ。

目を隠し、白衣を纏《まと》った《五枚花》の運転手は俺に言った。

「リュック・ストレイジ。そこのカネモチ・ヒッツバーグを馬車に乗せなさい。彼には数々の容疑がある、即刻裁判にかけるつもりだ」

「裁判……⁉」

何で俺を名指し。それより何で俺の名前を知っている？　それに裁判って……。

とりあえず俺はカネモチを片手で担ぎ上げて馬車に乗せる。

俺も教会裁判官の人は形式ばっていてどこか苦手だ。

「リュック・ストレイジ、君も乗りなさい」

「どうしてですか？」

「君は証人だ」

「俺一人だけですか？」

「裁判所のある貴族街に《一枚花》をむやみに入らせたくない。君一人で充分だ」

鼻につく言い方だが、《五枚花》の教会裁判官には逆らえない。俺は馬車に乗り込んだ。

「クロエ、ミオ！　すぐに戻ってくるからね」

二人は事態を飲み込めないまま、馬車を見送った。

パカラパカラ。

風俗街を抜ける。

そして大通りを抜け、広場を通ったら、城下町に通じる城壁が見えた。

「ここからは《三枚花》以上の人じゃないと通行できないって聞きましたけど……大丈夫なんですか？」

運転手はこちらを向かない。

「黙れ《一枚花》、わからないことはチエさんに訊《き》け」

運転手の言っていることがわからなかった。

「チエさん？　誰ですか？」

「お前の隣にいる修道服の女だ」

「？」

「見えないならいい、俺も見えんからな」

意味がわからない。俺の隣にいるのは、のびているカネモチだけだ。

俺が何度聞いても、どういうことか運転手は答えなかった。

俺の右側には人一人分が座るスペースがある。何かあるとしたらここしかない。

おそるおそる手を出してみる。……すると。

手の感触。

俺は何者かに手を握られた。そして顔にも何か柔らかい感触が。

「は？」

次の瞬間、視界に苔色《こけいろ》のくすんだ長い髪が入り俺の頬をくすぐった。

「……ばぁ」

目の前に女が現れていた。

さっきまでいなかったハズの髪の長い猫背の女だ！

背も高く、大柄で、こんなのが近くにいたら気づかないわけがない！

黒い被りものに囲まれた死んだような目つきは威圧感がある。いかにも陰気そうな女だった。

そして驚くことに、ものすごく胸が大きく、端的に言うとメロンだった。

彼女は太っているから胸のボリュームも納得だが、それにしてもでかい。

俺は知らぬ間に顔をその胸にうずめていた。シルク素材のサラサラと胸の柔らかい感触が頬を伝わる。

「うわっうわああ！」

俺は急いで引き離れる！

「ぐふ……チエが見えるのですかぁ……ぐふふふ……じゃあもう友達ですね」

女は自分の頬に手を当てて気味の悪い笑い声を発している。

聞くだけでこちらが落ち込んでしまうような陰気な声だ。

まるで呪詛《じゅそ》のように禍々《まがまが》しい。

「何だこの人は！」

「元気そうな……男の子……チエとは住む世界……違う、陽の匂い感じます。ぐふふふふふ」

目の前の女の人はまるで幽霊だ。

「ど……どなたですか⁉　突然現れて何なんですか？」

「ぐふふ、チエです……。普段は犯罪容疑のある人を監視しています……あとシスター……」

シスター⁉　こんな暗そうなのに⁉

「ぐふ……こう見えても《六枚花》なんですよぉ……」

豊満な胸を見せつけてくる。

「あ、いや……あの」

うわ、大きい！　恥ずかしくて俺は階級を直視できなかった。

突然チエさんは俺のふとももに手を触れた。

「チエたちもう友達ですねぇ……」

「何で⁉」

「さっき手……握っちゃいましたから……」

「は、はぁ、すみません」

「だから……チエたち……もう友達ですねぇ……ぐふふふ」

この人、距離感おかしい！

「チエ……ユニークスキル【隠者】のせいで……友達ができなかったので嬉《うれ》しいです……。ぐふ、ぐふふ」

「【隠者】……⁉　ユニークスキル【隠者】なのか……！」

【隠者】とは、触ったものや人を一時的に隠してしまうユニークスキル。

俺も【慧眼《けいがん》の黒獅子《くろしし》】時代にそのスキルを持った冒険者と会ったことがある。

そのときは物自体が消えるのではなく、触ったものが見えなくなるスキルと解釈した。

見えなくなるだけで触れるのだが、たとえ触ったとしても、その存在を認識できないのだとか。

人間に使えば、対象者は他人から認識できなくなる。

偵察にも使え、戦闘にも使える優秀なスキルだ。

しかし、【隠者】は、なぜか呪術を嗜《たしな》む人には全く効かないという注意点がある。

呪術を嗜む人は幽霊が視《み》えるので、それが、何か関係があるのだろうか。

だからこそ、ユニークスキル【隠者】は、別名【幽霊化】と言われている。

「【隠者】は自分には使用できないはず。どうしてあなたは自分に使えるのですか？」

「ぐふふ……私のスキル【隠者Lv.2】なんですよ……」

「レベル……２？」

ユニークスキルは研鑽《けんさん》や経験によってはレベルアップすることがある。

ミオの【御守り作り】だってLv.2に成長して、より強力な効果を持つ御守りを生み出している。

「ぐふふ……秘密を話しました、これでもう友達ですねぇ……」

「まだ友達になれませんって！　お互い何も知らないじゃないですか！」

「チエ……今朝からずっと見てましたぁ……」

「え？」

「カネモチが《一枚花》の店を優先的に狙うのは知ってましたからぁ……あの店を張っていたんですよぉ……ぐふふ。私もずっとお店の中にいましたよぉ……」

「こ……怖ッ！」

ずっといた⁉　そんな気配まるで感じなかったぞ！

「二人の死闘を見ているうちに……リュックたまの勇敢な姿を見て……友達になりたいと思っていたのです……ぐふふ」

「リュ……リュックたま⁉」

「死ねば友達になれたかもしれないのに……」

チエさんが寂しそうに指を口に咥《くわ》える。

「完全に霊界側の発言じゃないか！　生きてますよね⁉　チエさん生きてますよね⁉」

チエさんは俺の腕に大きな胸を押し付ける。手は俺の膝に。なんてことだ。

この人に心を許せば、霊界に連れ去られそうになる気がする。

「や、やめてください……チエさん！　シスターでしょ！」

「ぐふ……友達だから……友達だから……スキンシップは当たり前ですぅ。ご飯たべよ……一緒のベッド入ろ……」

早く裁判所に着いてくれ。そして彼女を裁いてくれ。心からそう思った。

「ところで、チエを認識するのには……呪術を嗜む必要があるのに……なんで見られるの？」

「呪術……？　そんなもの俺は嗜んでないけど……あ！」

【耐性祈願：呪い】のせいだ！

この御守りは不死族を素材にしている。長時間身に着け続けることによって、俺に呪術的な素養が備わったのかもしれない。

「なんでこれを持っていたのにカネモチのときにはチエさんに気づかなかったんだ⁉」

「ぐふふ……あのときは気づかれないように全力で【隠者】を使ってたので、その付け焼き刃の呪術じゃ、さすがに見えなかったようですね……ぐふふ」

何が【耐性祈願：呪い】だ！　今がまさに活躍する瞬間じゃないか！

「助けてください、運転手さん！」

「……神よ、我だけは救い給《たま》え」

ひどい！　関わるとろくなことが起きないことをこの運転手は知っているのだろう。

視界の端にチエさんの長い髪が垂れる。

「友達ぃぃぃ……」

垂れた髪の毛が俺の頬に触れた。

「ぎゃあああああああ」

俺は絶叫を上げた。

1

ワルドヘルツの教会裁判所は海上にぽつんと建てられている。

高い高い、荘厳な建築物。尖塔《せんとう》は高くそびえたち、貴族街から続く百メートルほどの橋を渡ってたどり着く。

周りは海に囲まれている。

近くにぽつんと海に浮かぶ孤島が見えた。あれはエタネル監獄島らしい。

裁判所で裁かれた者は船に乗り、刑期を終えるまであの島に収監されるという。

視線を教会裁判所に戻し、窓から上を見る。

「すごい……ここが教会裁判所かぁ」

「立派だねぇ……リュックたま……」

チエさんのボディータッチが激しすぎて、いよいよ俺の膝の上で猫のように寝ころんでいた。

「これが陽の者の……友達のスキンシップなんですねぇ……ぐふふ」

俺はチエさんの背中を撫でてあげる。しかし会話はしない。

これが安全であることが馬車の中でわかったのだ。

友達などまっぴらごめん、ここで関係を切っておきたい。

「さぁ、リュック・ストレイジ、降りなさい。カネモチも降ろせ」

証人に対して言うことか？

運転手の言うことに従って、カネモチを降ろす。

今度は運転手がカネモチを持ち上げて、荘厳な雰囲気を醸し出す裁判所の中へと入っていった。

裁判所には《五枚花》の陪審員たちと《六枚花》の裁判官が待ち受けていた。

彼らは俺たちよりも高位の座で罪人を待ち受ける。

背後になぜか配置されているパイプオルガンは圧巻だ。

カネモチが目を覚ます。

「ハ……ッ、夢？　さっきの悪夢は夢じゃ⁉」

カネモチは嬉しそうな声色を出した。

しかし、隣に俺がいることに気づくと顔色を変えた。

「ぎゃあああああッ、貴様はぁ、なぜワシの寝室に⁉」

俺は顎で、裁判官たちを指した。

「え……ここは、まさか裁判所⁉　なぜワシが！」

カンッ。

木槌《きづち》が鳴る。

「カネモチ・ヒッツバーグ。今より貴様の裁判を始める」

カネモチは立ち上がる気力がないようで、その場で顔を上げることしかできない。

「貴様は二十四名の商人たちの店を略奪し、そのうち十名を自殺に追い込んだ。さらには三百十五人近くの人身売買に携わったことが確認されている。その報いを受けてもらう」

「……なんじゃ？　チミたちは《七枚花》のワシより偉いのか⁉　ワシを裁けるのか⁉」

「教会調査員のチエによると、被告のスキルが消失したらしいが？」

「そんなの関係ないじゃろ！　この胸の紋章を見ろ！　庶民には数を数えることもできんのか⁉　ワシは《七枚花》！　逆らうんじゃない！」

カネモチはヤケになって声を荒らげる。

裁判官は首を横に振る。

「被告、《七枚花》は、ただ権威を振りかざすためではなく、国の利益になる使命を背負っている者に与えられます。それなのにあなたは自分勝手にたくさんの人々を苦しめてきました」

「うるさい！　うるさいうるさい格下が！　階級こそが全てじゃ！　貴様にワシを裁けるものかー！」

子どもの癇癪《かんしゃく》には付き合いきれない。といった表情をカネモチ以外の全員が浮かべている。

そのとき。

こつん。こつん。と小さな足音が鳴った。

「じゃあ……余が裁いてあげるのですよ」

その声に、裁判官も陪審員も傍聴に来ている誰もが膝を地面について、おじぎをした。

俺もつられて、同じようなポーズを取った。

カネモチだけが、近づく誰かを、ただ見ていた。

足音は法廷の入り口から証人席を横切り、ゆっくりと裁判長の席へと向かう。

俺は横目に……その人を見た。

女性だ。声とハイヒールの音でそれはすぐにわかった。

おじぎをしていたため、胸より上はよく見えなかった。だから何枚花かわからない。

彼女の足は小さく、紫色の長い髪の毛が揺れ、そしてお腹《なか》が膨れていた。

……この人、妊娠している。大人の女性だ。

コツコツと足音が響く。

その人は裁判長の席につき、コンコンと木槌を鳴らした。

「皆さん、顔を上げて欲しいのです」

芯の通った声に従って顔を上げた。

彼女の姿が見える。胸元には《八枚花》が付けられている。

ということは彼女も王族なのだろう。

「え……!?」

俺は彼女の顔を見て驚いた。

足音の主は、どう見ても十二歳前後の少女だったのだ。

「余は第四王女、そして教会最高執行官、メアリー・リーリエール。罪人カネモチ・ヒッツバーグは余が裁いてやるのです」

2

裁判所に現れたのは美しく品格のある淑女。

ラベンダーを想起させる紫色の長いウェーブのかかった髪に、こめかみ近くに装飾され

ている白い花の髪飾り、頭頂部にちょこんと載せられた銀色のティアラ、そして気品のある白いドレス。

一言でいえば「天使」。

天使のように美しかった。天使の輪と翼がないことに違和感を覚えるくらいだ。

穢《けが》れを一切知らなそうな無垢《むく》な顔付きと髪は人々を魅了した。

教会最高執行官と言っているが、彼女はどこからどう見ても子どもである。

耳は丸っこいのでエルフ族ではない。しかし、そのお腹の膨らみは彼女が異様に若く見えるだけで、実は妙齢である以外に説明のしようがない。

カネモチは納得できない様子で第四王女を見た。

「こんな、ガキが……ガキがワシを裁けるかぁあああ！」

第四王女メアリー・リーリエールは笑顔で言い放った。

「カネモチが言ったとおりこの世界は階級が全て……」

息を吸って続けて言う。

「あなたは不敬罪で死刑なのです！」

「なぁあああッ⁉」

誰もが彼女の言葉に驚いた。

なぜなら、この裁判では、彼女の発言が全てなのだ。

「なぜじゃ、なぜ！　ワシは誰も殺してはおらん！　なのになぜ死ななきゃならないのじやぁ！」

メアリーは不思議そうに顔を傾けた。

「余に逆らったら全員死刑なのですよ？」

「やだ、やだぁ！　やだ――――――――――！！！」

……バタン。

カネモチは再び気絶した。

「うそなのです！　本当は無期冷凍刑なのですよ、余は慈悲深いのです」

憲兵がカネモチをどこかへと運んでいく。

メアリー・リーリエールはにっこりと笑った。

俺はその顔を、天使のようでもあり、悪魔のようでもある笑みだと思った。

「不敬罪なしでも無期冷凍刑は確実なのです……そうだ、リュック。立つのです」

「は、はい！」

俺は緊張したが、なんとか立ち上がる。

「カネモチは【幸運】で何度も何度も余たちの手を潜《くぐ》り抜《ぬ》けてきたのです、だから我々はリュックに感謝の気持ちでいっぱいなのです」

「光栄です」

メアリーは羽根ペンを手に取り、何かを書き始める。

「今書いているのは感謝の気持ちの推薦状なのです。これを生活課ギルドに渡すと、ぐぐーんと《四枚花》になってしまうのですよ？」

「《四枚花》ですか？」

「これは幸福なことなのです。世間的には《四枚花》が一番幸福と呼ばれたりするのです」

「下から数えたほうが早いのにですか？」

「上に行けば行くほど、上に立つ者としての仕事が増えてしまうのです。今余がしている裁判官代行もその一環なのですよー。へとへとなのです」

メアリーは頭を振る。フラフラでお疲れのようだ。

「《三枚花》以上は城下町への居住が許可されるのです！　冒険者ギルドでの報酬も上がるし、軽税対象のものも多くなるのですよ。《四枚花》となると、城下町でも中流以上。生活水準も上がって、安定安心の《四枚花》と呼ばれるほどなのです」

メアリーは書いた紙を見せつけてくる。

〝リュック・ストレイジを《四枚花》に推薦する。第四王女・メアリー・リーリエールより〟

「あ、あの、それって俺だけですか」

「どういうことなのです？」

「実は、カネモチを倒せたのは俺の力だけじゃなくて、ミオやクロエのおかげなんです、俺だけ階級が上がるのは、申し訳ないなと」

「じゃあ、他の二人も《四枚花》にするのです。書き直すので待って欲しいのです」

メアリーは書いた紙をポイと捨てて、新しい紙に書き始める。

〝リュック・ストレイジ及び、彼が推薦する二名を《四枚花》に推薦する。第四王女・メアリー・リーリエールより〟

「あれ、でもそれって計九枚分、階級上がっていませんか？　さっきまで三枚分だったので、俺はその三枚をミオとクロエに均等に分けて欲しいだけなんです」

「むぅ」

メアリーはもう一度紙を丸めて捨てる。

「おい、無礼者！　何度もメアリー様の手を煩わせるな！」

憲兵が俺に槍《やり》を突きつけた。

「いいのです、いいのです、無欲で仲間想《おも》いなのです。余の中で、リュックの好感度はぐーっと上がっているのです。こういう謙虚な紳士は初めてなのですよ」

「失礼しました」

俺はぺこりと頭を下げる。

メアリーはペンを走らせながら言った。

「もし、子どもを産むのなら、リュックのような心優しい男の子との子がいいのです」

「はい⁉」

裁判所は騒然。あらゆる人が戸惑いの声をあげている。

では、そのお腹はなんなんだ⁉

てっきりすでに懐妊しているものかと……。

メアリーは推薦状を書き終わった。

「書けたのです。でも、それだけだと余からの感謝は伝わらないのです、何か他に欲しいものはないのですか？」

「一つだけ、質問いいですか？　その答えが欲しいものです」

「そんなことです？　いいのですよ」

俺はメアリーのお腹に手を向けて尋ねた。

「メアリー様はご懐妊なさっているのですか？」

場が凍り付く。

え？　聞いちゃまずかったか？

ヤバイ。地雷だった。俺も処刑されるかもしれない。

メアリーだけが、にっこりと微笑《ほほえ》んだ。

「びっくりしたですかー？　これはキャベツをお腹に入れてるだけなのですー！」

メアリーはドレスの裾からまんまるのキャベツを取り出した。

キャベツを赤子のように抱えている。

「いずれ生まれる子どものことを考えて、お母さんの練習をしていたのです」

……懐妊していたわけじゃないのか。

俺は息を深く吐いた。皆も安心した様子だった。

皆も気になっていたが、訊くに訊けなかったのだろう。

「余も花嫁戦争に参加するのですよ？　素敵なレディーに育って、素敵な旦那様を見つけて、たくさんたくさん子どもを産むのです！」

メアリーは嬉しそうにぴょんぴょんと跳ねる。

紫のウェーブへアーがくらげのようにそよいでいた。

「花嫁戦争は三ヵ月後ですが、メアリー様もご参加を!?　子どもと見受けられますが」

それを聞いてメアリーは顔をむすっとさせた。

俺の言葉に全ての憲兵が武器を向けた。

「しまった！」

「子ども」、それが禁句だったらしい。

メアリーは頬を膨らませている！

「余はもう立派なレディーなのです！　赤ちゃんももう産めるのですよ！」

俺は違和感を覚えた。

メアリーには性への羞恥というものがない。

どうやったら子どもが生まれるか知っているのだろうか？

「このままだと、本当に死刑者を出すところなのです、その前に閉廷するのですよ！」

「命拾いしたな」

憲兵が槍を下ろす。

良かった……死ぬところだった。

馬車に乗ってから緊張してばかりだ。

チエさんみたいに怖い女の人に絡まれるし、裁判に駆り出されるし。

……早くミオに会いたい。

俺が息を整えているところに、メアリーが一言を添えた。

「あと、リュックにおしおきなのです、今度、チエを遊びに行かせるのです」

「え」

メアリーがにこっと笑う。あの天使か悪魔かわからない笑顔だ。

「チエさんとメアリー様にどんな関係が」

俺が言い終わる前に、メアリーはカァン！　と木槌を鳴らした。

3

教会裁判所から出ると、海には夕日が浮かんでいた。

去り際のメアリーの発言が気になる。でも気にしても仕方ない。

俺は帰りも馬車に乗せてもらい、日が沈む前になんとかミオの店に戻ることができた。


店に戻ると、俺は衝撃を受けた。

「わぁ、全然違う！」

店には数々の御守りがすでに陳列されていた。

簡単に折りたためる棚や、雰囲気の良い橙色《だいだいいろ》の照明が並べられており、入りやすい雰囲気になっていた。

入り口の横にひっそりと看板が立てられていた。

カネモチに真っ二つに割られた看板だ。糊《のり》で接着されている。

これはもう立派な店だ！

半日しか経《た》ってないのに、よくここまでできたものだ。

店の奥からクロエがやってきた。

「すみません、まだ開店してないんだ……ってリュック・ストレイジ！」

続いて奥からミオが汗だくでやってきた。

「あ、リュックくん！　見て！　このお店」

両手を広げてくるりと横に一回転し終わると、ミオはドヤ顔をしていた。

帰ってきて安心する。やはりミオは笑顔が似合う。

「どうしたの？　このインテリアたちは」

「近隣の人が分けてくれたんだよ。早く【開運祈願】を売ってくれって、そのための手伝いはしてやるって」

「リュック・ストレイジ、お前を驚かせようとここまで作ってやったのだぞ？」

「すごいよ！　まるで違うお店に来たみたいだ、明日にも開店できそうだ」

ミオとクロエは鼻高々だ。胸をぐいっと張っている。

「そうだ、俺も驚かせようと思って、ほら、第四王女から推薦状をもらったんだ。俺たち明日から《二枚花》だよ」

推薦状を二人に見せると二人は口を揃《そろ》えて驚いた。

「うそ――――!!」

顎をこれでもかと、開いている。

この驚かせ対決は俺の勝ちのようだ。

「あははは」

俺たちはお互いの顔を見て笑いあった。お店を始められそうで良かった。

ミオは「御守りをもっと作る」と言い、店の奥の工房へ戻ってしまった。

代わりにもう一人来訪者がいた。

バタン！

「はぁ、はぁ……ミオちゃんは？」

胸元を大きく開けたエルフ――この店舗でもう一つのお店を営んでいるシュシュさんだ。

肩で息をして、焦った様子だ。

「あれ、シュシュさんの準備は一時間後じゃ」

「そんなのんきなこと言ってんじゃない！　ミオちゃんはどこ？」

迫真の顔だ。化粧もせず、オシャレもせずに、どうやらミオに急用があるらしい。

「カネモチがこの店に来たんでしょ⁉　娼館《しょうかん》に売られたり……自殺を強要されたりしたんでしょ？」

俺の襟首を摑《つか》んでくる。

「シュシュさん！　落ち着いて、ミオならいます！　ミオ！」

俺が呼ぶと、ぴょこっと奥からミオが再び現れた。

「シュシュさん？」

「あれ？　……いる。カネモチ来たんじゃないの？」

「確かに来ましたけど、リュックくんが悪事を暴いてくれました。もう裁判も終わって、刑が決まったとか」

シュシュさんは俺の顔をじいっと見た。

「マジ？」

俺が頷《うなず》くと、シュシュさんは糸を切られたマリオネットのようにその場で崩れ落ちた。

「言ってよ、じゃぁさぁ〜〜……」

4

夜は更ける。

〝モミテイナ〟は本日臨時休業。俺たちの貸し切りだ。

ソファーは半円状で、シュシュさんの隣にミオが座る。机をまたいで椅子を二つ置き、そこにクロエと俺が座る。

シュシュさんによって各々のグラスにお酒がこぽぽぽと注がれる。

心地の良い音。手練《てだ》れを感じさせる。

「乾杯」の合図と同時に、シュシュさんはグラスの中身を飲み干した。

カン。とグラスを置いて、シュシュさんは重たい口を開いた。

「冷たくして本当にごめん」

シュシュさんはミオに深々と謝った。

初日に見たときは適当な女性だと思っていたが、今日見た彼女は誠実。……まるで別人だ。

「アタシ酒ないと、マジメな話できないの、ごめん」

「いえ！　私に冷たくしていたのは、カネモチを警戒してのことなんですから」

「……もっと言い方があったハズ、ほんとにごめん」

シュシュさんはカネモチが《一枚花》の商売人を狙って店を強奪することを知っていた。だから俺たち《一枚花》が来るとわかったその日から、問題に巻き込まれないように、可能な限り関係を絶って、早く出ていってもらおうとしていたらしい。

俺たちは推薦状をもらってはいるが、まだ《一枚花》。

その俺たちに真摯な態度を取るってことはきっと本心なのだろう。

「あれ見て」

シュシュさんは奥に飾られた簪《かんざし》に目をやった。

赤色で東洋風な簪だ。モミテイナには不自然なくらい上品な装飾だとは思っていたが、何かあるのだろうか。

「あれ大切な人の十二年前の忘れものなんだ。あの人はもう来ないかもしれないけど、明日こそ来るかもしれないと思うとさ、絶対この店守んなきゃって思ったわけ」

シュシュさんは不器用なだけだった。

俺はシュシュさんに興味を持った。

今日は腹を割って彼女と話す日なのかもしれない。

黙って話を聞いていたミオは、ぐびっとお酒を飲み干した。

「……もう一杯！」

「あはっ、良い飲みっぷりだね、お酒強いの？」

ミオは口に泡をたくさんつけて、真剣な顔で言った。

「強いです」

嘘《うそ》つけ！

ふとクロエに目を向ける。お酒を見て怯《おび》えている。

まるで水を怖がるペットのようにぷるぷると震えている。

「飲める歳《とし》だよね、飲んだことある？」

「あ、あるに決まっているだろう！　由緒あるファルマン家だぞ⁉」

クロエは飲酒を大人の階段だと捉えているようだ。

「無理しなくていいよ」

「馬鹿にしただろ⁉　こんなもの我にも飲める！」

ぐびっぐびっ。

景気の良い飲みっぷりだ。

酔っぱらったクロエはどうなるのだろう。

二人が潰れるのは確実だ。俺は飲みすぎないようにしようっと。

5

ミオが改めて言う。

「今日のリュックくん、すっごくかっこよかった」

「え」

ミオは俺の顔を覗《のぞ》きこむ。その大きな瞳の中に俺の姿がはっきり見えた。

「確かにお手柄だ。……ただ自分の命を投げ出すのは感心せんがな」

クロエも珍しく俺に賞賛の言葉を送る。

「カネモチを倒すにはあの方法しかなかったんだ。仕方ないだろう？」

「お礼したいけど、私なんかがリュックくんを喜ばせられないよ……」

ミオのその言葉にシュシュさんが反応した。

「あるわよ、この男を喜ばせる方法、それも簡単なのが」

「本当ですか？　シュシュさん！」

「ほら……ついてきて」

シュシュさんはミオを工房の奥へ誘う。

「……なんだろう」

工房の奥から「キャーーーッ」と奇声が聞こえる。

……ミオの声だ。虫でも出たのだろうか。

ガチャ。

「あ、ミオ、何があ……ミオ⁉」

「ミオ殿⁉」

俺とクロエは酔いが醒《さ》めた。

なぜなら倉庫から出てきたミオは巫女《みこ》服を脱いで、バニーガール姿になっていたからだ。

「男はこいつを出せばイチコロなのよ」

シュシュさんはニヤニヤしている。

「あわわわっ……リュックくん、これ、本当に嬉しいのぉおお？」

ミオの顔は触ると火傷《やけど》しそうなほど赤くなっていた。

「わ……すごいよミオ」

鎖骨を露出した黒いレオタードのような衣装と、白い兎《うさぎ》の耳を模したカチューシャ。お尻の下の部分は大きく露出しており、尾てい骨のあたりにはぽんぽんと可愛《かわい》らしい兎のしっぽがある。

小動物のように可愛いミオだが、ボリュームのある胸だけはレオタードに収まりきってない様子で、ぴょんぴょんと跳ねるたびに胸が露出するのではないかという不安に駆られる。

「シュシュさんこれ下品じゃないかなぁ！」

ミオは声を張り上げる。

「でも、少年はおっぱい好きだから大丈夫、アタシの胸とかもずーっと見てきてたし」

「たしかに、リュックくんは、やらしい目で見てくるけど」

「気づかれまいとチラチラとな。バレバレだがな」

俺は目をそらす。

ミオはぴょこぴょことうさ耳を揺らす。

「私がセクシーな衣装着て、お礼になってるか不安だけど、リュックくんえっちだし、お礼になってるよね？」

「いいねいいね！　お酒を注いで注いで、前かがみになることも忘れずに～」

シュシュさんがミオを焚《た》きつける。

ミオは言われるがままに、ぐぐっと俺に近づいてくる。

ふぅ……ふぅ……とミオの呼吸の音が聞こえる。

「これすごく恥ずかしい。これやるのリュックくんだけだから」

「ミオ……ヤバい、俺が襲う前に早く注いで……」

「リュックくん、それ洒落《しゃれ》になってない」

「早く！　はぁはぁ」

俺の息づかいが荒くなるのをミオも確認して、戸惑っている。

「う、うん、グラス前に出して」

コポポポ……シュワアアと泡立つ音。

ミオは前かがみになってお酒を注ぐ。前かがみになると胸のボリュームが丸わかりになり、長い谷間がさらけ出される。

「う……恥ずかしい」

「ミオ殿！　この恥ずかしい姿をミオ殿にだけさせるわけにはいかない！」

急にクロエが立ち上がる。見たところだいぶ酔っている。

「お、女騎士様、やる気だねぇ、まだまだその衣装あるよー！」

バサァッ。

「どうだぁ……、リュック・ストレイジぃ……やっぱ無理ー！」

クロエは超速で着替えてきたはいいものの、その場でしゃがみこんでしまった。

頼まれてもないのに、何をしてるんだクロエは。

どうしようこの異様な空気。

そうだ、お酒を飲もう。この空気をお酒で誤魔化してしまおう。

俺はミオに注いでもらったお酒を飲もうとする。

しかし俺のグラスが突然、手から離れて浮いた。

「え？」

そして傾いて中身がみるみる減っていく。

「はぁ？　……まさか！」

突然俺の前に現れたのは酒をガブ飲みしているチエさんだった。

なぜかチエさんもバニー服を着ていた。

なんでバニー服⁉

身体《からだ》のボリュームが全体的にすごくて、ところどころで肉がはみ出している。

特に胸は暴力的で、サイズが合わないのか、バニーの胸部分に全く収まりきっておらず、胸のほとんどが露出してしまっている。

この露出度はあれだ。ミオの作ってくれた、東洋料理のおにぎり。

海苔《のり》が一枚だけ巻かれたおにぎりの米の部分。あれくらい露出していた。

「リュックたまぁぁ……この服好き？　ぐふふ。これで友達ですねぇ……」

俺が気づくと、チエさんはハイライトのない目で不可解な発言をしていた。

「チ……チエさんッ!!」

目が死んでいるのにお酒をごくごく飲み干していて怖い。

俺の奇声にクロエが反応する。

「どうした、リュック・ストレイジ、もう酔ったのか？」

他の二人も同じような反応だ。

「見えてないのか!?　この人が！　浮いてるグラスとか！　この爆乳とか！」

「あー……少年、ずいぶんと酔ってるね。酒に強くないほうだ。お水持ってくるよー」

シュシュさんは奥へと水を取りに行った。

他の二人も訝しげな顔をしている。

「お願い見えてー！」

チエさんは俺の身体に胸を密着させて、俺の首元で深呼吸した。

「ぐふふふ……みんな見えてない、呪術が足りないみたいです……ぐふふふ」

うそー……と思った。

なんとか成仏させる方法はないかなぁ！

「犯罪者以外の監視命令は初めてだから嬉しいです……ぐふふ」

相変わらず気味の悪い笑い。俺は倉庫に行き事情を訊く。

「監視って？」

「メアリーたまの命令です……リュックたまは要監視人物であると……ぐふふ」

「俺が？」

「メアリーたまは、リュックたまに不思議なパワーが眠っていると言っていました……何か不審なことがあれば教会に報告しろとも」

「犯罪なんかしないよ」

俺は気になった疑問を口にした。

「ところで、チエさんとメアリーの関係は？」

「チエは……メアリーたま専属の探偵みたいなもの……あとは友達……ぐふふふふ」

探偵というよりストーカーだ。

もし探偵だと言うなら、調査対象とはスキンシップなしでお願いしたい。

「そうだ……メアリーたまから、リュックたまに伝言があります、ぐふふ」

「伝言？」

「……メアリーたまから、『第二王女の今夜の放送を視ろ』と……ぐふふ」

放送か……。

このお店にも石板がある。

今日は、何かあるのだろうか。

俺が倉庫から戻ったとき、ちょうど放送は始まった。

6

――ブツン。

――【ON《オン》 - Air《エアー》】。

「教会裁判所だ」

映し出されたのは、先ほどまでいた裁判所。

そしてそこに座っているのは、エレガントなマリアだった。――厳密にいえばそれを映し出した細長い姿見なのだが。

隣にはあらかじめ椅子が用意されており、ゲストが来ることを匂わせている。

「あっあっあっ、マリア様」

ミオはマリア推しが限界になっており、その場で正座をしてしまった。

「マリア推しなのー？　あの子、絶対裏では性格悪いよ。金しか興味ない顔してる」

「そんなことありません。マリア様は清廉潔白な方です！」

シュシュの言葉にミオは反発した。

「こういう厄介なファンつけちゃうのよね、あの子」

シュシュはお手上げという表情を浮かべている。

マリアは簡単な挨拶を済ますと、「本題に入る前に」……と言い咳払《せきばら》いした。

「昨日、第三王女のアテネ・クーが想い人に集合場所と時間を伝えたのに、今日、彼は来なかったようです。アテネは落ち込んでいました。明日も同じ場所と時間で待つそうなので、是非行ってあげてください」

「かわいそうだなぁ、行ってあげればいいのに」

俺はおつまみのナッツをつまんで口に入れる。

「約束守れない男だけはダメだよ。アテネ嬢は男で損しそうだねぇ～……」

シュシュさんは名前も知らない男にダメ出ししている。

皆もうんうんと頷く。俺もそう思う。

マリア様は気を取り直して、笑顔で言った。

「今日も素敵なゲストを招いています、どうぞ」

コツコツ、と上品な足音を立ててやってくるのは。

俺が先ほどまで会っていた少女、メアリー・リーリエールであった。

慣れない化粧をしているようで、顔面が真っ白だ。

相変わらず、キャベツをお腹に入れているようで、お腹が膨らんでいる。

「「「はぁ⁉」」」

ミオ、クロエ、シュシュはそれぞれ目が飛び出るほど驚いている。

メアリーは用意された椅子にちょこんと座ると。ハキハキと発言した。

「第四王女、そして教会最高執行官のメアリー・リーリエール。オトナのレディーなのです」

メアリーはお腹の膨らみを撫でながら言った。

それをまじまじと眺めるマリア。

「メアリーは花嫁戦争に積極的だとか。何せ、もう孕《はら》んでいるのですから」

「はいなのです！　他の人に負けないように素敵な旦那様を見つけるのです！」

「おや？　そのお腹は、旦那様との子どもじゃありませんの？」

マリアはメアリーのお腹の膨らみを指摘した。

「これはお母さんの練習なのです。ただのキャベツなのですよ」

メアリーはドレスからキャベツを取り出した。

マリアは「なあんだ」と脱力する。

もっともここまでは台本。事前に打ち合わせしていた部分だろう。

「あははっ、メアリーは冗談がきつい、それでどんな旦那様と結婚したいですか？」

答えを用意していたのだろう。メアリーは堂々と胸を張った。

「余はたくさん子どもが欲しいので、たくさん抱きしめてくれる男の人がいいのです！」

「んー？」

マリアは困った表情を浮かべた。

「えーっと……メアリー、子どもは何人欲しいのですか？」

「最低十二人は欲しいのです！」

「結構多いですね、メアリー……んー？」

マリアはあまりにもハキハキ言うメアリーに違和感を覚えたようだ。

「たくさん抱きしめてくれる素敵な男性はどうやって見つけるの？　メアリー」

「近日大会を開こうと思っています」

「大会⁉」

マリアは大声を上げて、口に手を当てていた。

「抱きしめ大会です。まずは余と結婚したい男の人を教会前に集めるのです」

「うんうん」

マリアは興味ありげに聞く。メアリーの説明の勢いが増す。

「そして男性同士でペアを組んでもらい抱き合ってもらうのです」

「えー⁉　抱き合っちゃうんですか！」

「そして、よりたくましく抱きしめたほうが勝者なのです」

「勝ち負けがあるのですね……それで？」

「それを繰り返し、勝ち残った数名は決勝戦として、余を一人ずつ抱いてもらいます」

ここでマリアが噴きだした。

「ぶっ……！」

「どうしましたか？　マリアお姉様」

「え、いや、続けてくださる？」

マリア様は後ろを向いて笑いをこらえている。

「その中で、最も余がたくましいと感じた者を夫とするのです！　さぁ皆こぞって参加して欲しいのです！」

「あは……あはははは！」

メアリーが真顔で言うものだから、マリアはついに腹を抱えてしまっていた。

「お姉様⁉　腹痛なのです？」

「違う違う！　……ふぅ……メアリー、子どもはどのように生まれるのかはご存じで？　まさかキャベツ畑で生まれると思っているのでは？」

メアリーは頬を膨らませる。

「お姉様、それは余を見くびりすぎなのです、正しい子どもの作り方は、愛する男の人と女の人が抱きしめあうことです！」

「それから？」

「え？　……それから？」

　メアリーはきょとんとしている。

　マリアは「しょうがないなぁ」と眉をひそめた。

「視聴者の皆様申し訳ありません……ちょっと、放送切りますね」

　——ブツン。


　なんかすごい放送だった。

　耳元でチエさんがぼそぼそと囁《ささや》いてくる。

「メアリーたま……リュックたまにあの大会出て欲しいんじゃないかと……ぐふふ」

「ちょっと……考えさせてほしいな……」

「メアリーたまは、リュックたまを夫候補として注目しています……ぐふふ」

「カネモチを倒しただけでおおげさだ。そんなわけないし、たとえそうだとしても俺はミオのお店を繁盛させるのに集中したいんだ」

　放送を視たミオとクロエとシュシュさんは、お酒を飲みながら冷ややかな顔をしている。

「大丈夫かな、メアリー様。将来今日のことが、黒歴史にならなければいいけど」

　口を開いたのはミオ。確かにメアリー姫は相当恥ずかしい発言をしたと言える。


　——【ON - Air】。

「あ、またついた」

ブツンと映し出されていたのは、顔を真っ赤にしながら立っているメアリーだった。

メアリーは汗だくになり、肩をもじもじ。いや、引きつらせている。

まるで学芸会で一言も発せられず、泣き出した子どものようだ。

床にはボロボロに四散したキャベツがブチまけられている。

ドラマだ。ものすごいドラマが起きたんだ。

子どもの作り方を知った顔だ。

顔に手を当て、指の隙間からおそるおそる世界を覗きこんでいる。

「みっ……皆様、開催予定だった抱きしめ大会は……無期限延期なのです……ひくっ」

恥ずかしい気持ちを必死に抑えて、メアリー姫は言葉を紡ぐ。

それを受けて、マリアが番組を締めた。

「……とのこと、こうして少女は今日も大人の階段を登るのです。それではまた明日」

――プツン。

今日も一輪《いちりん》のつぼみが花開いた。

恥ずかしくなんてない。だって明日は、今日よりもずっと素敵になっているのだから。

俺はグラスを掲げる。

「第四王女の成長に乾杯……」

コツン――……とグラスのぶつかる音が響いた。

第五章　第一王女・イザベル・ベネディクト

チュチュンと鳥が鳴く。宿に差し込む朝日が、重く柔らかい。

ん？　重く柔らかい？

そんなわけないだろ。朝日には重量などない。

俺はパチリと目を開ける。

すると。

チエさんが俺のベッドに潜りこんでいた。

だらしない身体《からだ》を惜しげもなく俺に覆《おお》い被《かぶ》らせている。

「ぐふふ……おはよう、リュックたま……」

チエさんはにたりとした目つきで俺を見る。

絶句。

やりやがった。恐ろしすぎて声も出ない。

「友達だから……友達は一緒にベッドで寝るよね、ね？　ね？」

俺はふと思った。

俺が全力で彼女を性的な目で見て、全力で襲ったら、この人はどんな反応をしてしまうのだろうか……と。

なんとなく喜びそう。でもそれ以上にスキンシップが激しくなって、日常生活を送るのが難しくなるはずだ。

隣にミオもクロエもいるのに、姿が見えないからってよくやるものだ。

彼女には構いすぎても、構わなすぎても良くない。

適切な距離で、適切に満足させなきゃいけない。

俺はため息をつく。

「おはよう、でもベッドに入ったらダメだ。次やったら獣になるから」

ぴたんっ。

俺はチエさんにデコピンをした。

「ぐふっ……怒られちゃったぁ……ぐふふふふ」

――【隠者】。

彼女は満足してススー……と消えていった。

まったく、とんでもない女が憑《つ》いてしまった。

いつになったら帰ってくれるのだろうか。

それにしてもゆうべのシュシュさんとの懇親会は楽しかったな。

あの日は適度に酒を飲んで解散した。

……クロエ以外は。

のだ。

大人の階段を登るつもりで張り切って飲んで、あっと言う間に許容量を超えてしまった

彼女の身体はアルコールには向いてなかったようだ。

クロエはバケツの前に一晩中跪《ひざまず》いていた。

「大丈夫？　クロエ」

顔は真っ青。髪はボサボサ。

「げほっ……一生の不覚」

クロエ、一生の不覚多そうだな。

「クロエちゃんは休んでいたほうが良いよ」

「うん、開店初日だからって無理するなよ」

開店準備も完了した。シュシュさんとも仲良くなれた。

皆揃《そろ》って《二枚花》になれたし、上々だ。

九重《ここのえ》ノ御守屋《おまもりや》・二号店は、本日オープンだ。

1

「い、い、いらっしゃいませー」

カネモチを倒したことが呼び水になって、まずまずの盛況ぶりだ。

お客様は常に二、三人いる状態で、閑古鳥の鳴く店でしか働いていなかったミオは身体がガチガチになっている。

開店初日だ。期待と不安を隠しきれない。ミオはずっとそわそわしていた。

客はいる。いることはいるが、彼らは純粋な客というよりも、カネモチを倒した噂《うわさ》に興味を示した近隣の商人なのだろう。

「この【開運祈願】をくださいー」

お客様がお金を出して。ミオがおつりを渡す。

「【開運祈願】は他の御守《おまも》りより、必要な載積量が多いです。気をつけてくださいね」

「あ、別にいいよ、そういう説明は」

「え？」

「これつけて冒険出たりしないいし、ほら御守りって弱いじゃん」

「あ……そ、そうですか」

「これはお布施みたいなもの、カネモチを倒してくれた君たちへのね」

「お買い上げありがとうございます……」

ミオは笑顔を保っていたが、その表情には陰りがあった。

2

お昼休憩だ。

売れた。まずまず売れた。

もう少し評判になれば、店はやっていけるだろう。

だが、何かが違う。

ミオと俺は倉庫でパンをかじる。

「……これでいいのかなぁ」

ミオがパンをかじるのを止める。

「これじゃ御守りの強さを証明できないってこと?」

「お客様は来てくれるけど、皆から御守りは『弱い』って先入観が消えてくれない。……

ううん、そもそも本当に弱いのかもしれない」

それは聞き捨てならない。

「弱いわけない、ミオの【御守り作り】が!」

「リュックくんとは、相性がいいだけだから……!」

ミオは立ち上がる!

少し空気がピリついた。

「あ……」

ミオもそれを感じたらしく、言葉を選んでいる。

「冒険者の皆の旅にきちんと役に立つものじゃなきゃいけない。でもクロエちゃんとか、リュックくんのスキルじゃ相性が良すぎて、本当の強さがわからないの……」

……そんなこと言われたら、俺には何も言えない。

このとき。カランカランと扉の開く音がした。

「あ、お客様だ、休憩中の看板出していたのに」

俺は休憩中であることを伝えるために、表に出る。

しかしそこにいたのは客ではなくシュシュさんだった。

「結構売れてるみたいじゃーん！」

「あ、シュシュさん、おかげ様で」

「ミオちゃんも喜んでるんじゃなーい？」

「……それが」

「？」

様子を聞いたシュシュさんは「ミオを出して」と俺に要求した。

3

「なーんだ、そんなことで悩んでたの？」

シュシュさんはミオの悩みを一蹴した。

「えー……」

ミオはポカンとした。

「商売をするなら、自分の商品に自信を持ちなさいって！　そんな弱気じゃ、店は長続きしないわね」

「でも実際に効果がないかもしれないと思うと……」

「アタシを見なさいよ、大して美人じゃないのに、世界一美人のフリしなきゃなんないのよ⁉　アタシのほうがキツくない？？」

「シュシュさんは美人です！」

「はーい、それしか選択肢用意できなくてごめんねー、そう言うしかないもんねー」

シュシュさんは商売人の先輩だ。

彼女の話を聞いていると、今までの悩みが馬鹿らしくなってくる。

シュシュさんはバッグから長細いパイプを取り出し、ミオに咥《くわ》えさせた。

「んぐっ、あのこういうのは……」

そして慣れた手つきで火をつける。

「パイプは苦手？　大丈夫、この葉は香りがするだけだから」

葉が燃える匂いと、ゆらゆらと揺らめく煙が緊張を緩和させる。

「これくらい何さ、商売やってるとね、もっと理不尽なことは起こるのさ。ストレス解消法の一つでも身につけておきな」

「ぷはっ」

ミオがたどたどしくパイプを吸う。ミスマッチが可愛《かわい》らしい。

「ゆっくり吸って、肺に入れるように、ゆっくりゆっくり……」

すー……はー……。

シュシュさんはミオの背中をさする。

「自信持てって、アンタの態度が商品価値を上げるんだ」

「自信……持ちきれません」

「もー」

シュシュさんは長い耳をポリポリと掻《か》く。

「アタシね、エルフじゃんさ」

「はい」

「アイテムとかに含まれてる魔力とかわかるわけ」

「え、エルフ族ってそんな特性あったんですか！」

「んでさ、ミオちゃんの御守りはさ、他で見た御守りよりも、ずっと魔力がこもってるわけ」

「え、本当ですか⁉」

ミオは顔をガバッと上げた。

「他の【御守り作り】の人は、最初から諦めてたんだろうね、でもミオちゃんは『強くありたい』って願ったから、強い魔力が込められているんだよ」

シュシュは店頭から御守りをつまみ上げ、ミオに見せつけた。

「これ、もう強いよ」

トクントクンとミオの鼓動が伝わるようだ。

ミオは途端に背筋を伸ばす。

「ありがとうございます！　シュシュさん！」

そう言うと、ミオは食べかけだったパンを急いで胃の中に詰め込む。

「この後の準備しなきゃ」と、ミオは工房に戻っていった。

バタン。

俺はシュシュさんの顔を見る。

「今の話本当ですか？　エルフにはアイテムに含まれる魔力がわかるんですか？」

シュシュは人差し指を口につけた。

「ひみつ」

俺は崩れ落ちた。

「嘘《うそ》だったら意味ないじゃないですか」

「嘘でも本当でもどっちでもいいんじゃない？」

「え」

「御守りが弱いって言われる理由って、知識のない初級冒険者が使いたがるからでしょ？　実際の冒険者が適切に使えば、実はそれほど弱くもない。このお店がやるべきことは、御守りを強くすることじゃなくて、正しい使い方を教えること……違う？」

確かにそうだ。

使ってみて思う。【御守り作り】はそもそも弱いスキルではない。風潮的に弱いと噂されるだけだ。そのイメージを変えるには商人に売っても仕方ない。冒険者。それも中級以上の人に認知される必要がある。

俺はミオのいる工房に向かう。

バタン！

「ここで売っていても、今は商人に売れるだけだ。イメージを変えるなら、まず冒険者に良い評判を広げないと！」

「な、なるほど、さすがリュックくん！」

「俺、冒険者ギルドに行ってくるよ！」

4

ワルドヘルツの冒険者ギルドは昼夜問わず大盛り上がりだ。

世界で一番クエストの集まる場所。平民街の冒険者ギルドではあるが、ここで御守りを売れたら最高だ。

受付嬢に声をかける。

「すみません、ここで商品を売る場所ってありますか？」

「あそこのこと？」

受付嬢は奥の人だかりのできたスペースを指差す。

有名ポーション屋。有名武器屋。いずれも名店揃《ぞろ》いだ。

「期間限定での出店スペースはありますが、あの枠は取り合いが激しいんですよ？《二枚花》の人じゃ、そう簡単にとれませんねー。最低でも《三枚花》はなくちゃ」

しまった、メアリーに《四枚花》にしてもらえば良かったか。

「すぐに《三枚花》になれる方法ありませんか？」

「うーん。生活課ギルドじゃないからわからないんだけど、英雄級に活躍できるクエストがあれば推薦できるかな……うーん」

受付嬢は額に手を当てて、クエストボードを眺める。

「今はそれに該当するクエストはないかな。地道に頑張って」

「そうですか、では広告ビラだけでも貼らせてもらえませんか？」

指を差されたのは奥の閑散としたビラまみれのスペース。

ビラの上にビラが貼られている。

それが何層にもなっており、まるで本が壁に貼られているのではないかと錯覚するほど分厚い。

どのビラも我こそが一番と自己主張するが、きっとそれもすぐに新しいビラに埋もれてしまうのだろう。

とりあえず貼るしかない。

「……はぁ、こんなんじゃ目立たないよ」

俺がビラを貼り終えて帰ろうとしたとき、誰かが大急ぎで現れた。

バタンッ！

「緊急クエストだ！　助けを求む‼」

「あ、あの人は！」

王都の《五枚花》の憲兵。赤い鎧《よろい》と鷹《たか》のような目つきは見覚えがある。

ワルドヘルツの門でキューンに《八枚花》を渡したアグニールという男だ。

ギルド内は騒然とする。

「城下町と貴族街で『白鎧《はくがい》の大騎士』が暴れまわっている！　誰かアイツを止めてくれ！」

モンスターの襲撃じゃなくて、賊か！

何人かの冒険者が疑問を投げかける。

「おいおい、平民街の冒険者ギルドにわざわざ言わなくてもいいじゃねえか」

「王国騎士団や城下町の冒険者ギルドに言えばいいじゃねえか、近いし、そっちのが強《つえ》ぇ」

アグニールさんはありったけの大声で叫んだ。

「全滅したんだよ！」

「ええ⁉」

「悔しいが城下町の冒険者は誰もアイツに勝てない！　お前たちの助けがいるッ！」

アグニールさんは頭を下げる。

《五枚花》の憲兵が《一枚花》や《二枚花》に頭を下げるなんて……。

それほど急を要するのだろう。

ギルド内の冒険者は互いの顔を見渡している。

「……どうするんだ、王国騎士団、城下町の冒険者でもムリなのに」

「準備ができちゃいねえし、これはムリだよ」

口々に出てくるネガティブな言葉。

クエストボードに「白鎧の大騎士・捕縛依頼」の紙が貼られた。

受付嬢は俺の顔を見る。

「あれなら、すぐ《三枚花》になれるかも」

「わかりました、俺一人で受けます！」

周りから「えええ」って声が漏れた。

「小僧、無理に決まっている。《二枚花》のお前じゃ！」

「あの最強を誇る王国騎士団でも倒せてないんだぞ！」

俺は彼らの意見は意にかけない。

「アグニールさん。その大騎士のいる場所に連れてってください」

「君は確か……キューン様のお連れだった荷物持ちの青年……《一枚花》のはずでは？」

アグニールさんには俺がキューンに仕える荷物持ちに見えたらしい。

「おかげさまで《二枚花》になりました」

「な……驚異的なスピードだ、どんな手を使った！」

「今はいいでしょ、いいから連れてって！」

「わ、わかった。ではこの馬車に乗ってくれ。他に来るものはいないか？」

「馬車じゃ遅い！　俺の背中に乗って」

「え」

俺はアグニールさんを背中に乗せて走りだす。

――【俊敏祈願】20枚。

ビュゥウンッ！

俺は馬車よりも遥《はる》かに速いスピードで街を駆けていく。

「しっかりしがみついててください！」

「何だこの能力は！　君は一体何者だ⁉」

「そこらへんのしがない【荷物持ち】ですよ」

「こんな速い奴《やつ》が、しがないわけなかろうぉぉ！」

白鎧の大騎士ってどんな奴なんだろう。

一人では少し不安だ。

くそ、こんなときにクロエやアリシアがいてくれれば。

5

アグニールさんによる特別処遇で貴族街に入れてくれた。

着いたらひどい有様《ありさま》で、噴水広場の前で騎士やら、冒険者やらが倒れている。

今は教会のシスターたちが治癒魔法をかけているところだった。

「大丈夫ですか！」

「命に別状はない……だが騎士としての心を折られた……」

「魔法使いのプライドもズタボロだよ。魔法も一切効かないし……あんなのおかしい」

白鎧の大騎士は、一人も死者を出していないとのことだ。相手を生かしておくのは殺すより難しい。それほど圧倒的な実力というわけだ。

アグニールさんは握り拳を作る。

「く……街を襲うなんて許せぬ！　出てこい白鎧の大騎士！」

そのとき。

バキャアアアアアンッ。

噴水に繋がる水道が破裂した。

「え？」

バシャアアと水がはじけ飛び、飛沫《しぶき》で視界一面が覆われる。

地面に水の滴るパラパラという音が鳴り終わると、そこには二メートルを超える鎧が現れた。

「くっ！　奇襲か⁉　卑怯《ひきょう》だぞ。白鎧の大騎士よ！」

アグニールさんは腰の剣を抜く。

「こいつが！」

闘牛のような角のついた白い兜《かぶと》が異形な雰囲気を醸し出している。手には子どもの身長ほどの刃渡りのハルバードがしっかりと握られている。

「…………ここにもいない」

「人探しか？」

キョロキョロと周りを見渡す。

白鎧の大騎士は、噴水で敵を待ち伏せしていたのではない。

その鎧の汚れ具合からして、下水道を移動していたら、噴水にたどり着いたようだった。

「とにかく誰かを傷つけるのは許――」

ギュォオンッ！

俺が言い終わる前に、ハルバードの薙《な》ぎ払《はら》いが来る。

「速……」

え、この速度で死人ゼロってマジ？

「《二枚花》の荷物持ち!!」

アグニールさんが叫ぶ。

白鎧の大騎士の一太刀には殺意が込められている！

避けようにも、【俊敏祈願】ではもう間に合わない！

「うおおおおおおおおおおお！」

――【防御祈願】40枚！

俺はハルバードの横薙ぎ払いを白刃取りで受け止める！

俺の下半身は耐えきれずに、宙に浮く。

「！」

白鎧の大騎士は驚く！

斬ったはずの相手が視界から消えたのだから当然だ。

大騎士がハルバードの刃先に目線を向けると……。

俺が刃の上に乗っていることに気づいた。

「くらええええええええ！」

――【攻撃祈願】46枚！

ガコンッ！

「なんて強さだ！　あの白鎧の大騎士に一撃与えたぞ！」

大騎士の頭を蹴ると、兜が地面に転がった！

素顔がさらけ出される。これほどの戦士の顔だ。その正体が何者なのか興味がある。

「どんな顔をしている……あ」

銀色の髪の毛がふわりと揺れた。

「あ……旦那様」

とぼけた顔のアリシアがそこにいた。

「え？　……アリシア何してるの？」

アリシアは涼しい顔をして頭を傾けた。

「ひとさがし」

俺は後ろを向く。

貴族街の広場には傷だらけの騎士たち・冒険者たちの倒れる姿が一面に広がっていた。

「ひとごろしではなく？」

6

残念なお知らせだ。

我ら【最強騎士団】から逮捕者が出てしまった。

貴族街襲撃事件。負傷者２２３名――いずれも騎士や冒険者。死者０名。

罪状は、傷害。不法侵入。器物損壊。階級秘匿。城下町侵入。貴族街侵入……。

信じられない罪状の数。頭が真っ白だ。

クロエも姉が捕まったショックで失神。

人死にはなくても、決して軽い罪じゃない。

裁判はこの後すぐ行われる。


ここは教会裁判所。もちろん被告はアリシアだ。鉄の拘束具が何重にも巻かれている。

「まさか、昨日の今日でリュックと会えるとは思ってなかったのです」

「こんな形で会いたくはなかったです……」

「余はこんな形でも嬉《うれ》しいのです」

メアリーは嬉しそうな顔をして俺に言ってのけた。

メアリーは神々に近いから少し倫理観が欠けているのだろうか。

今日の裁判長は最初からメアリーだったようだ。

「ところで、メアリー様、今日はキャベツをお腹《なか》に入れてないようですが、どうしましたか？」

今日はキャベツをお腹に入れずに、両手で抱えるように持っていた。

メアリーは顔を赤くする。

「えっと、それは、やめたのです」

「どうしてですか？」

「……リュックはいじわるなのです」

警備兵は俺に槍《やり》を向ける。

「昨日の放送視《み》てなかったのか！　配慮しろ！」

「す、すみません！」

お母さんの練習をするわけじゃないのにキャベツを持ってくる必要はあるのだろうか。

そのキャベツは裁判長席に置かれる。荘厳な空気に絶望的に合わない。

メアリーは木槌《きづち》を叩《たた》く。

「被告はなぜ、貴族街を襲撃したのですか？」

アリシアは口の拘束具をはずしてもらい発言をする。

「キューン……キューン探してた……」

そう――さきほどアリシアから聞いた話では、キューンを探していると聞いた。

「キューンとは誰なのですか？」

俺が一歩前に出る。

「キューンは俺たち【最強騎士団】の仲間です。強力なスキルを持っていて、ワルドヘルツに来たときに《八枚花》に任命されてしまって離れ離れになってしまいました」

メアリーが立ち上がる。

「《八枚花》⁉　……そんな人が来たのですか？」

メアリーのみならず、裁判官や陪審員は皆驚いている。

「おかしいのです。そんな人がいたら、即刻で情報共有されるハズなのです」

メアリーはキャベツを抱えて考えこむ。

「彼女は瞬間移動のようなユニークスキルを持っています。アリシアとは、もし別行動になってしまったら、毎晩別れた地点にメッセージを残して無事を確認しあうというルールがあったとのことです」

「この場合は城壁前なのです。メッセージはありましたか？」

俺は首を横に振る。

「ありませんでした。次の日も、その次の日もメッセージはなく、心配になったアリシアは、貴族街に侵入して、キューンを探したようです」

アリシアはこくんと頷《うなず》く。

俺は被告席のアリシアに顔を向ける。

「アリシア。どうして、問題を共有してくれなかったんだ」

「……旦那様、店を構えるって言ってた。邪魔したくなかった」

「仲間のピンチに邪魔もないよ、次からきちんと言うんだ」

なるべく減刑してもらいたい。

そう願っていろいろ考えていたが、さっきからなんだか妙だ。

メアリーの興味は別のところに向いている。

「おかしいのです。余は《八枚花》の入国を確認していないのです……もしかしてお姉様」

メアリーは後ろの何もない場所を見る。

「チエ！　第一王女イザベル・ベネディクトの調査を再開するのです！」

視線を向けた先にぼやぁと黒い影が現れた。

チエさんだ。

「ぐふふ……メアリーたま、了解です……」

「この裁判は保留なのです、被告にはひとまず留置所にいてもらうのです」

「え、どうして！」

「緊急事態だからなのです！」

「緊急事態？」

「……《八枚花》を持つ人物は非常に珍しいのです。この国に《八枚花》が一人加わるというだけで、この王都の均衡が崩壊する恐れがあるのですよ。だから、そういう人物がいたら、王族たちに共有されるのが決まりなのです」

「どうして共有されていないんですか……？」

「きっと誰かが憲兵を買収していたのです。そしてその誰かが、そのキューンという方を使って、何かを成すつもりなのです」

「先ほどのイザベルという方ですか？　たしか魔導銃とか作ってて」

「リュック」

メアリーの口調は冷たくなる。

「彼女の名はあまり口にしないほうが賢明なのですよ」

「え」

周りを見渡す。俺に向けられた視線はあまりにも冷たい。

第一王女だろ？　なんで名前を呼ぶだけでこんなに目が冷たいんだ！

「余は組織を持っていて、守られる立場だから発言が許されるのです。リュックは違うのです。何か嫌なこと言って暗殺されたら嫌なのです」

「あ、暗殺……？」

「彼女には野心があるのです。確実に王位を狙っているのです。きっと【花嫁戦争】に積極的に参加すると思うのです」

……第一王女・イザベル・ベネディクト……どんな人なんだ！

「姿を見たいと言っても無駄なのです、彼女は十年以上も姿を見せていないのです、余も顔を見たことすらないのですよ」

「そんな人にキューンが捕まっているかもしれないってことか？」

「その可能性は高いと思うのです」

頭がくらくらする。

そんな、キューンが……。

「この事件は教会側に任せるのです。リュックは身を守ることに集中して欲しいのです」

メアリーは木槌を持つ。

「それでは、今日は閉廷なのです」

カ――――……ン。

木槌の鳴る音が虚《むな》しく響いた。

7

教会前の海岸沿いは曇った心情に反して綺麗《きれい》だった。

ザザーン、ザザーンという波音が俺に罪悪感を植え付ける。

「アリシアも逮捕されるし、キューンも何か大きな事件に巻き込まれているかもしれない……もっと俺が気にかけていれば」

カツンカツンとハイヒールの音が聞こえる。

「その気持ちがあるなら余に協力して欲しいのです！」

「え……メアリー⁉」

振り向くと、メアリーが立っていた。

そして、釈放されたらしいアリシアも立っており、その後ろのチエさんはアリシアの挙動に目を光らせていた。

「旦那様……ごめんなさい」

しゅんとするアリシアになんて声をかけていいかわからなかった。

「……一人で問題を抱えさせてごめん。でも襲撃は良くないよ」

アリシアはこくりと頷いた。

「それで、罪人のアリシアを釈放して、何をするつもりなんだ?」

メアリーは俺の問いかけに「話が早い」と言わんばかりに頷いてみせた。

「リュック。歴史の授業は好きですか?」

「え」

「話が長くなるのです、秘密の部屋に移動するのです」

8

連れられたのは、貴族街のレストラン。

装飾もまぁ豪勢で、飾られた絵画の数が凄《すさ》まじい。

《六枚花》以下は入店お断りらしい。俺とアリシアは入れない。

しかし、そんな店の決まりはメアリーの《八枚花》パワーによって、いともたやすく壊されるのである。

テーブルに並べられた料理の多くは、なんとも形容しがたい小さい何かだ。これが肉なのか魚なのか、それとも野菜なのかはわからない。

とにかく、綺麗に盛り付けられている。

俺が辛《かろ》うじてわかる料理は、ステーキとスープだけだ。

「テーブルマナーは気にしないで欲しいのです。ここは壁の厚い個室だから気に入ってる
だけなのです」

上品にナイフとフォークを扱うメアリー。

そう言われても。俺は唐突な高級料理にあたふたする。

「……いただきます」

アリシアもナイフとフォークの使い方が上品だ。さすがファルマン家の跡継ぎ娘。

まずいな、生まれて初めての高級料理店……。何をすればいいかすらわからない。

一方、チエさんは、気にせずにがつがつと食欲のままに食べはじめる。

「ぐふふ……ぐふふ……おいしいおいしい……」

彼女は食べ物には目がないようで、胃袋に掻き込むように食べている。

チエさんは姿が見えないことをいいことにアリシアからひとつまみ奪う。

チエさんって人として何かが欠けているよなぁ。

彼女は我慢しきれない様子で、今度は俺の皿に手をつける。

——そのとき。

銀色の刃が光る。

キィイイン。

アリシアはフォークをチエさんの眼前に突きだした。

眼球の一ミリ手前でフォークが止まる。

「ぐふ⁉」

チエさんの身体からは大量の脂汗が噴きだしている。

アリシアにはチエさんの身体は見えていないハズ。手に持ったナイフとフォークですら認識できないハズなのに。

アリシアは見えていないチエさんを涼しい顔のまま、睨《にら》みつける。

「きみ……目障り」

「ひっひっ――‼　何で見えてるの⁉　ごめんなさいごめんなさいごめんなさい！」

チエさんは怯《おび》える表情を見せる。

「アリシア！　チエさんが見えるの⁉」

首を横に振る。

「ううん、でもずっと悪意浮いてる……気を付けて……きみは安全じゃない、殺そうと思えばいつでも殺せる」

チエさんは部屋の隅で、身体を埋めるように縮こまっている。

「やだ、やだやだ！　メアリーたま！　この人、牢《ろう》にぶち込んで！　殺される！」

「落ち着くのです、チエ」

チエさんはガタガタと身体を震わせているが、メアリーは意に介さない。

カチャ……。もぐもぐ。

アリシアは何事もなかったように食事を再開する。

アリシアすげぇ！

メアリーはパンパンと手を叩く。

「うちのチエが無礼を働いたのです、でも本当は皆と遊びたいだけだから、殺さないでほしいのですよ」

アリシアはメアリーをまじまじと品定めする。

「あなたは……強いね……」

「アリシアの目は大変優れているのです。さて、本題なのです」

アリシアと俺はナイフとフォークを置く。

「メアリー、本題って何なの？」

「第一王女のイザベル・ベネディクトを含めた余たち姉妹の話なのです」

メアリーは真剣な眼差《まなざ》しでこちらを見た。

「ああ、さっき名前を言ったら冷たい目で見られた。嫌われ者なの？」

「彼女は黒い噂が後を絶たない方なのです、狂暴な武器を作っては横流ししたり、人身売買に関与していたり、暗殺部隊を個人で持っているという噂もあるのですよ」

「人身売買に、暗殺部隊……なぜそんなものを！」

「リュックは、イザベルお姉様のことはご存じですか？」

「いや、ワルドヘルツの魔導研究所所長ってことくらいしか……」

「彼女が何を目的に魔法を研究しているかわかりますですか？」

「魔法を研究する理由といったら二つしかない。一つは生活を豊かにするため、そしてもう一つは魔王軍に対抗する力を手に入れるためだ」

メアリーはぴんっと指をこちらに差し出した。

「もう一つあるのです」

「え」

「力を手に入れて、王都を力で支配する。お姉様はそれを実行するつもりなのです」

「支配……？」

「余はイザベルお姉様のユニークスキルは存じていません。しかし、一国の支配を可能にするほど強いらしいのです」

「そんな危険なスキルをメアリーは把握していないのか？」

「知っているのは、お父様と王族に仕える大鑑定士の二人だけなのです。逆にイザベルお姉様も余のスキルを知らないのです。もっとも、他の二人のお姉様は世間的にスキルが有名なのですが……」

「マリアは【ON《オン》-Air《エアー》】だよね、第三王女のアテネは？」

「彼女のスキルは近接戦闘最強のスキルなのです、近距離のタイマンなら絶対に負けないのですよ」

「姉妹間のスキルは似てないんだね、家族で似ることって多いのに」

「余はお父様のスキルは知らないのですが、マリアお姉様と似たスキルみたいなのです」

へぇ、国王のスキルって世間に知られてないのか……。

「お父様のスキルが継承権争いで大きな論争を生んだということは知っています。……きっと世にも恐ろしいスキルに違いありません」

「メアリーのスキルもマリアに似ているの？」

メアリーは首を横に振る。

「似るなら、マリアお姉様のような平和なスキルが良かったのです」

「ん？　メアリーのユニークスキルは誰かに似てるの？」

「余のスキルはイザベルお姉様に似ているとお父様が溢《こぼ》したことがあるのですよ」

メアリーのスキルがイザベルと似ている？

これは、イザベルのユニークスキルを予想するにあたっての、大きなヒントかもしれない。

「メアリーのユニークスキルは、どんな能力なの？」

彼女の返答には間があった。

「世の理《ことわり》に反する非常に危険なスキルなのです。悪い人が聞くと悪用したくなると思うのですが、リュックは心優しいから、きっとフラットに話を聞いてくれると思うのです」

俺はごくりと唾を飲んだ。

「余のユニークスキル。それは――」

グサッ。

メアリーはフォークを乱暴に肉に突き刺す。

そしてそれを俺の目の前に突きつける。

「このお肉が、なんと牛さんに戻ってしまうのです！」

「え」

「【Re:Vive《リバイブ》】――つまり、余は死者を復活させることができるのです」

俺は唖然《あぜん》とした。

死者が生き返る⁉　そんな突拍子もないことがあるのか⁉

カネモチの【幸運】とは比べ物にならない。これが神の子！

カラン。とナイフを地面に落とした音で、俺は我に返った。

「で、でも、良い能力じゃないか、イザベルもこの能力に似ているのなら、そんなにひどいことは起きないんじゃない？」

「このスキルにはまだ特徴があるのです」

「特徴？」

「難しい難しい発動条件があるのです」

……そうだよな。こんな能力、厳しい発動条件がないとおかしい。

メアリーは口を拭く。そしてこちらを覗《のぞ》きこむように見た。

「能力を発動するためには……一人につき百人の人間の命を捧《ささ》げる必要があるのです」

心臓が凍った。

規格外のユニークスキルの、大きすぎるそのスケールに。

「余が六歳になって、この能力が判明してからは、この国から死刑はなくなったのです。みんなみんな無期冷凍刑なのですよ」

「え……つまり、その人たちは」

「……これ以上はいいのです。とにかく余は神様がどんなつもりでこのスキルを余に発現させたのか、その意図を日々汲《く》み取《と》ろうとしているのですよ」

話を切り上げられた。これ以上の踏み込みは不可能だ。

「リュック。覚えていて欲しいことがあるのです」

メアリーは俺に訴えかけるように言った。

「水を与えられなかった花は枯れてしまいますが、与えられすぎた花もまた枯れてしまうということなのです」

それを聞いて。俺はキューンの一言を思い出した。

――私が平穏に生きられているのは、皆さんのおかげなんですけどね。

ワルドヘルツに向かう途中でキューンが俺に囁《ささや》いた言葉だ。

その言葉の重みを噛《か》み締《し》める。

ファルマン領は、良い意味でユニークスキルへの頓着がなく、差別も少なくて、悪い人たちに目をつけられることもない。

キューンがファルマン領の戦闘メイドをやれていたことは、きっといろんな偶然が重なって、ようやく起きていた奇跡なのかもしれない。

メアリーは口を開く。

「そのキューンという方も収まるところに収まったということなのです……ん？」

バァァァァアン！

メアリーの言葉を聞いて、アリシアの拳が机を貫いた。

もちろん机など真っ二つだ。

「……私……守れなかった……キューンの平穏を……」

アリシアは険しい顔をしていた。

おそらく彼女は知っているのだ。

ファルマン領に来る前のキューンが、その能力の強さ故に苦しんでいたことを。

キューンはアリシアに仕えるメイドだが、アリシアもまたキューンの平穏を守る騎士でもあったということだ。

メアリーは冷静に語りだす。

「……余とイザベルお姉様の能力のどこが似ているのかは、存じていないのです。しかし、お父様が【花嫁戦争】で跡継ぎを決めさせるということは、きっと娘たちを正面から戦わせてはならないと判断したからだと思うのです」

俺の右手が強く握られる。自分の恐怖心を抑えるためだ。

「そんな危険なスキルの人が……キューンのスキルを悪用する可能性があるのか」

事態はより深刻に思えた。

「メアリー、居てもたってもいられないよ。俺にできることはないか？」

「ここからが本題なのです」

俺は息を飲む。

「余と、そこで怯えるチエ。そしてあらゆる手練《てだ》れの冒険者をなぎ倒したアリシアと、それに拮抗《きっこう》したリュック……」

メアリーはこちらを指さした。

「この四人で忍び込むのです、イザベルお姉様の魔導研究所に」

9

「え？　第一王女の城って、郊外の山岳にあるの⁉」

俺は少し驚いた。

第二王女から第四王女の城は王都の貴族街に建てられているのに、第一王女の城だけは、ワルドヘルツから離れた山岳の山頂にあるというのだ。

移動手段は馬。公共馬舎から馬を二頭借りる。

俺は馬に乗ったことはないので、アリシアに手綱を握ってもらう。二人乗りだ。

俺はアリシアの前に座る。だが騎手はアリシアだ。なんだか子どもっぽくてみっともない。

「そんなことないよ」とアリシアは優しく微笑《ほほえ》む。

一方チエさんは膝にメアリーを乗せながら手綱を握る。そのメアリーの膝にはキャベツが載せられており、異様な光景に見えた。

あのキャベツ、外にも持っていくんだ。

「あの山岳には、旧ワルドヘルツがあるのです、あそこにお姉様の城と研究所があるのです」

「旧ワルドヘルツ？」

「五百年前、ワルドヘルツは魔王軍幹部の【畏怖の獣】に襲われて壊滅してしまったのです。リュックは知らないのですか？」

俺は少し驚く。

「故郷の学校で習ったよ。それはもうひどい有様だったって。でもワルドヘルツの場所が今と違うなんて、先生教えてくれなかったけど」

「『ソレ』は人々を恐怖に陥れる究極のユニークスキルを持っていたのです。そこからなのです。ワルドヘルツが、ソレに倣ってスキル至上主義に目覚めたのは」

「わざわざ、壊滅した古都に城を建てる変人なんだな。第一王女って」

「魔導研究には危険がつきものなのです、国民の身を考えたら、あれくらい離れていて当然なのです」

「イザベル、実はいい人なんじゃ？」

　メアリーは首を横に振る。

「離れているということは危険な研究をやりやすくなるということなのです」

　メアリーからイザベルに対しての悪意を感じる。俺は問う。

「イザベルの研究所に行って何をするの？」

「秘密の査定なのです、彼女の研究が、人道的なものか定期的にチェックしているのです。だけど、数々の罠《わな》が敷き詰められていつも、奥には行けないのですよ」

「今日は奥まで行くの？」

「リュックと、アリシアがいるなら、奥まで行ける気がするのですよ」

「キューン、そこにいるかな……」

「きっといるのです、お姉様はそういう人なのです」

　俺はふと思った疑問を口に出す。

「ところで、こういうのってメアリーが直接訪れていいの？　結構危険だと思うんだけど」

「余が行かないほうが危険なのです」

「なんで?」

「ご存じでしょうが、スキルの強さと魔力の強さには相関関係があるのです。余はスキルが強いから魔力も強い。そして魔法への抵抗力も強い。余たち姉妹は幼少から魔法を使った防御法や敵を察知する広域感知魔法を心得ているのですよ」

姉妹全員が広域感知魔法を覚えているのはすごい。

「裏切る可能性を考えると、下手な近衛兵《このえへい》をつけるのよりも一人のほうがよっぽど安全なのです。A級冒険者くらいじゃ余には傷一つ付けられないのですよ」

「そうなんだ、頼もしいね」

だからさっきアリシアに動じなかったのか。

「リュックは、余をやっかんだり、怖がらないのですか?」

メアリーは俺に顔を向けた。

「え、何で? 仲間が強くて心強いじゃないか」

「いえ、いいのです、リュックは心が清らかなのです」

メアリーの顔は少し緩んで優しくなる。

しかし、山岳を見上げると、彼女は再び険しい顔になった。

「……イザベルお姉様も余と同じ教育を受けているのです。油断は禁物なのですよ」

山道をある程度登ると、馬を手ごろな木に繋《つな》ぎとめた。

——治癒魔法。

メアリーは手に持っていたキャベツを摩耗した馬の蹄《ひづめ》にあてる。

するとキャベツが光り、魔法を放った。

「それが魔力の媒体なんだ。……食べ物の人は初めて見た」

「杖《つえ》、本、水晶、いろいろ試したのですが、余にはキャベツがピッタリだったのですよ、水分と栄養たっぷりで魔力伝導率も最高なのです！」

「メアリーはユニークだね。ところでここ……」

この魔導研究所の付近には当然のように魔物が棲《す》みついている。

「ゴブリンやオークがいるじゃないか。本当にここに人が住んでいるのか？」

俺の問いかけにメアリーが答えた。

「よく見て欲しいのです、彼らの頭に水晶が埋め込まれているのが見えませんか？」

「確かに見える、あの形は、明らかに加工された水晶だ」

「この魔物たちは研究の成果なのです。頭に水晶を埋め込んで、遠隔でテイムしているのです、すなわち彼らはここの警備兵なのです」

「遠隔のテイムか、今はそんな技術もあるんだね」

「ここから先は隠密《おんみつ》活動なのです。イザベルお姉様が、もしこの近くにいるのなら彼女の広域感知魔法に引っかからないようにチエの力を借りるのです」

メアリーはチエさんに手を差し伸べる。

「ぐふふ、メアリーたま……お友達ぃ……」

――【隠者】。

チエさんがメアリーの手を握るとみるみるうちに身体が消えていった。

「わ……知っていても驚いちゃうな」

俺が驚いていると、メアリーはその姿が消えきる前に逆の手を差し伸べる。

「はい、リュックも」

急いで手を繋ぐ。

「あ、身体が消えていく！　メアリーと手を繋いだだけで⁉」

チエさんのスキルがメアリーの手を伝って俺にも適用されている。

「チエのスキルは本物なのです、これで敵に気づかれることもありません」

俺はアリシアに手を差し伸べる。

「ほら、アリシア」

アリシアは握り返すが何も起きない。

――【鈍重】。

「あ」

忘れていた。

アリシアの【鈍重】は一切の魔法、スキルの効果を受けないのだ。

アリシアの身体はクロエとは真逆でスキルを伝導する魔力がない。

キューンの【En:Portals《ポータルズ》】だけは例外。あれは空間を繋げるスキルであって、アリシアの身体には関与していないという理屈らしい。

「え!? これじゃあ隠密行動できないのです！」

メアリーは不測の事態に驚いた。

「う～～……ん」

メアリーは腕を組んで考えこむ。

「そうだ！　名案があるのです！」

メアリーはポンッと手を叩いた。

「え？　どんな名案が!?」

「リュックとアリシアは真正面から研究所をブッ叩けなのです」

「ええ……」

とんだ大迷惑な名案だった。

「罪は余が軽くするから安心するのですよ」

「そういう問題？」

メアリーの満面の笑みにはツッコミを入れざるを得ない。

「二人が襲撃している間に、余とチエが忍び込んでこの研究所の奥底まで行くのですよ、つまり陽動大作戦なのです」

アリシアがポキポキ手を鳴らす。

したい。

「……上等」

「アリシアが燃えている……」

正直、キューンがいる可能性があるのなら、いの一番に見つけたい。

二人は隠密行動をして研究を調べればいいし、俺とアリシアは正面突破でキューンを探したい。

俺はアリシアを横目で見る。彼女は頷く。

俺はバッグからヘルムを取り出して被る。

【十選騎士《じっせんきし》】と戦うときにキューンからもらった特殊素材のヘルムだ。

これを被ると謎の騎士……【零騎士《ゼロきし》】になれるから少し強くなった気分だ。

アリシアも先ほどの牛角のヘルムを被る。

「アリシア。襲撃だ」

「共犯だね、旦那様……」

10

研究所の建物は不自然なほど白く清潔感があった。それほど大きな建物ではないが、メアリーによると施設は地下へと続いているそうなので全貌は見えない。

門番を務めているのは屈強そうなゴブリン二体だ。

ゴブリンは普段、手にこん棒などを持っているものだが、奴らは代わりにベルを持っていた。それは悪魔のような羽根のついた不吉な代物で、そのベルを鳴らして仲間を呼ぶのだと容易に想像できる。

手前には何一つ遮蔽物がなく、この草むらから飛び出せば一瞬で敵に見つかるだろう。

「行くよ、アリシア」

俺は、地面から石を拾いあげ、ゴブリンの顔に投げつける。

──【攻撃祈願】48枚。

──【必中祈願】12枚。

「ゴギャ！」

グシャッァッ。

ゴブリンの脳天を貫き頭が弾ける。

もう一体のゴブリンがこちらを振り向くが、もう遅い。

「ギャ⁉」

グシャアアアアアアアッ！

今度はアリシアがハルバードをぶん投げて、そのゴブリンの頭を砕いた！

あまりの切れ味にゴブリンの頭と身体が早々に分離する。

だから二体のゴブリンの死体は、頭を失《な》くして、直立不動のままだ。

俺とアリシアはその横をスタスタと歩く。

「何ですかこの強さ、どんびきなのです……」

姿は見えないけれど、メアリーの声が聞こえた。

研究所内部は、俺の理解が追いつかないほどハイテクノロジーで、何かの液体に漬けられた魔物の入ったガラスの箱がズラッと並んでいる。コボルト。ゴブリン。サキュバス。……種類はたくさんいたが、いずれも苦悶《くもん》の表情をしている。

イザベルの魔導研究は魔物の解剖そして観察が主な活動となるという。

一つ一つ中身を覗く。この中にキューーンがいるのではないかと不安に駆られながら。

「それにしても、人一人いないな」

研究所と言われるくらいだから、魔法使いや職員がいてもいいはずなのに、ここはまるでダンジョンだ。

ピピピピピ。

「あれ……？」

アリシアの身体に赤い点が纏《まと》わりつく。縦横無尽に飛び回るハエのように。

次の瞬間！

ビュゥゥ――――ン!!

研究所の壁奥から突然、電撃魔法が飛んできた！

アリシアはとっさに手を前に差し出す。

――【鈍重】。

キィイイインッ！

アリシアの手にその電撃は弾《はじ》かれる。

もちろんこれはバリアーのような魔法を張っているわけではない。アリシアの身体に魔法が通らないだけだ。

アリシアの籠手は黒焦げになってしまったが、アリシア自身は無傷だった。

「……何？」

ハルバードを構え直すと、数々の銃が壁から飛び出ていた。

「あれはカネモチが持っていた魔導銃に似ている……」

あんな威力のものを俺は頭に押し付けていたのかとゾッとした。

「旦那様、背中任せたよ……」

前方の魔法を使った罠はアリシアが耐え、そして俺は後方から刺客が来ないかと構える。

ブゥンッ！　パラパラパラ。

アリシアの一振りは壁の銃を粉々にした。

「罠を軽々と弾くなんてさすがなのです。こっちに地下へと続く階段があるのですよ。広域感知魔法でこの下に何かいる気がするのです」

どこからとなくメアリーの声が聞こえた。

数々の罠を潜《くぐ》り抜《ぬ》けて、地下四階――最深部にたどり着く。

「結局、アリシア頼りになっちゃったね」

アリシアは力こぶを作って誇らしげだ。

「でもキューンはいなかった。このフロアにいるのかな……」

地下は薄暗く、息も苦しく、そして何よりも獣臭い。

その匂いはあたかも意志があるかのように、常に鼻腔《びこう》に悪臭を押し付けてくる。とにかく強烈なのだ。

「いる？　メアリー」

「大丈夫なのですよ、ここまで来るのは初めてなのです」

姿は見えないが、二人もこの場にいるようだ。

メアリーがおそろしげに口にする。

「……そういえば地下三階でこういうものを見つけたのです、これをリュックに共有したいのですよ」

カラン。

地面に唐突に置かれたのは、何の変哲もない鉄のヘッドギア。

「これは？」

「研究ノートによると『ユニークスキルを強制的に使わせることができるヘッドギア』らしいのです……。名前は【フォース】。これでキューンさんの能力が悪用される可能性が上がったです」

「悪用の可能性が上がる？　どうして？」

「ユニークスキルは本人の意志でのみ発動する能力が多いのです。だから使ってもらうには機嫌をとったりしなければならないのが普通なのです。でもこれがあれば本人の肉体がどうなっても、頭さえ残ってればいいのです」

心臓がドキンと跳ねた。

キューン……キューンが危ない！

「怖いです。メアリーたま。イザベルたまが空間移動できる能力までも駆使できたら……安心して寝ることもできませんね、ぐふふ」

この恨めしい声はチエさんだ。

……逸《はや》る気持ちを押し込めろ。

俺はキューンを探し求め、最深部のドアを開けた。


今までと比べて開けた空間。閉塞感はまるでない。

清潔感があり、大理石で覆われた床と壁はツルツルだ。

目の前にはガラス張りの部屋があり、その中に液体が満たされていた。

そしてそこでは黒い獣が眠っている。

スペースに対してそれほど大きくはない。普通の狼《おおかみ》がぽつんと液体に浮かんでいる。

その狼は身体を赤子のように丸めている。

突然メアリーが目の前に現れた。

メアリーはキャベツを強く抱えて、おそるおそる、研究データがあると思われる机に、向かった。

「こ……これは」

「メアリーたま！　手を繋がないと危ないよぉ！」

チエさんの言葉に耳も貸さない。

メアリーはペラリと書類をめくった。

「……これは【畏怖の獣】である」

ペラッと更にめくる音がする。

「我々は五百年前ワルドヘルツを食い破った雷狼《らいろう》――【畏怖の獣】の死の偽装に成功した」

ブクブクブク。

突然、液体の中の獣が膨れだした。

「ユニークスキル【畏怖】は国を滅ぼすほどの破壊力を持つ」

ブクブクブクブクッ。

「メアリー、このモンスター！　どんどん大きくなるよ！」

俺の警告にメアリーはこう答えた。

「リュック！　リュック！　余を殴って欲しいのです!!」

「え？」

ブクブクブクブクブク。

「早く殴るのです！　気絶させて欲しいのです‼」

ブクブクブクブク。

「何で⁉」

「いいから早く！！！」

パリィィンッ。

獣が部屋の中に納まりきらずに、ガラスを突き破って外に出る。

——そのとき。

アリシアがトン、とメアリーの首に手刀を入れた。

「かはっ」

そしてメアリーはその場で倒れ込んだ。

同時に、獣が膨れ上がるのが止まる。

しかし、その体積はすでに膨張しており、見上げるほど大きい。

狼であるハズなのに、瞳は獲物を狙うような細いものじゃない。目は魚のようにぎょろりとしており、垂れる舌が不気味さを強調する。

その黒い獣は、上を向く。

「キシャァァアアアアアアアアアアアアアアアアアアアアアアアアア」

耳をつんざく声。

そして――紫色の雷が、獣の全身から噴き出てきた。

パリパリパリッ！

俺たちの全身を雷が襲う！

――【耐性祈願：雷】４枚。

黒い獣の攻撃が俺の身体を通り、激痛が走る。

ミオの御守りがあったのに！　それほどの威力ということか。

「く……くそぉ！　もっと持っておけばよかった！」

アリシアはこの魔法も効かなかったようで、黒い獣に勇敢に立ち向かう！

「俺も、俺も加勢しなきゃ！」

「リュックたま、待って」

――【治癒魔法】。

後ろから治癒魔法をかけられる。姿は見えないが、きっとチエさんだ。

身体からみるみる痛みが引いていく。

「はぁはぁ、リュックたまの身体にチエの魔力が流しこまれていく……ぐふふ」

この緊急事態でも相変わらずだ。

「ぐふ、メアリーたまとチエは、回復術士で魔法防御力が高いから軽傷です。……メアリーたまはチエのバリアーで守るから、リュックたまは自分の身体にだけ気をつけて……」

さすが潜入のプロだ。テキパキとしている。

そして俺もアリシアに加勢する。

――【俊敏祈願】20枚。

狙うはその大きな目！

――【必中祈願】12枚。

「いけえええええええええええええ！」

――【攻撃祈願】46枚。

黒い獣はアリシアに気を取られていたため、俺が見えていなかった。

俺は、黒い獣の頭に飛び乗り、剣を相手の右目に突き立てる！

「うおおおおおおおおおおおおおおおおッ」

グチュッリリリィィ。

気持ち悪い感触。今、明らかに頭の中、つまり脳を切っている！

「キシャアアアアアアアアアアアアア」

獣はビクンビクンと暴れまわる！

もっと！　もっと刺せ!!

脳の大事な部分まで！　そのロングソードの剣先を届けるんだ！

「はぁぁぁぁぁあッ！」

隣に誰かが飛び移って現れた！

「アリシア！」

アリシアは、残った左目にハルバードを叩きつける！

「キシャアアアアアアアアアアアアアアッアアアアアアアアアアアッ」

叫びはより大きくなる。

血や、涎《よだれ》が、飛び散り、嫌な臭いがより一層部屋中に充満する。

これで両目に同時に武器が刺さっていることになる。

「キシャ……」

そしてその獣は大声を上げて絶命した……。

アリシアは獣の死を確認し、さらに力をこめる。

獣の口から頭蓋骨の内容物がピシャッと出るのを確認すると、俺たちは武器をその死体から抜いた。

「……はじめての共同作業……」

「ケーキ入刀みたいに言うなぁ」

気の抜ける冗談だ。

でもさすがアリシア。戦闘面においては本当に頼りになる。

――そのとき気づく、何かがおかしい。

アリシアは俺のほうに顔を向けなかった。

赤い血飛沫《ちしぶき》が舞っている。

「あれ……アリシア、こっち向いて」

「……」

何も言わなかった。

「いいから」

アリシアは無言のまま俺のほうを向いた。

「あ……」

アリシアはケガをしていた。右肩から左腰にかけての深い傷が、三本。

きっと俺がチエさんに回復してもらっている間に、爪の攻撃を受けてしまったのだろう。

「だめぇぇぇ……治癒魔法を使わなきゃ……」

チエさんが突然現れて何度も何度も回復を試みるが、無駄だった。

「どうして⁉ どうして回復しないの？」

アリシアの【鈍重】は、回復魔法すら通さないからだ。

俺は呆然《ぼうぜん》とした。

アリシアは自分の荷物から水の入った袋を取り出すと、躊躇《ためら》いなく傷口にかけた。

そしてシャツの袖を破き、傷に押し付ける。

破った布がみるみると赤く染まっていく。

アリシアは痛がる様子も全く見せずに、笑顔でこう言ってのけた。

「全員無事だね……良かった」

11

今までで一番命懸けの戦いだった。

早期決戦ではあったけれど、この獣が五百年前に王都を滅ぼしたのも頷ける。

しかし脅威は去った。一安心だ。

メアリーも目を覚まし、この部屋から出ることを提案した。

メアリーは何度もアリシアに謝った。

アリシアは温和に「平気だからキューンを探そう」と言ってのけた。

そしてこの部屋から出ようとしたそのとき。

「待って欲しいのです！」

メアリーは先ほどの研究ノートを読む。

ペラッ。

メアリーは背中を向けたまま言う。

「……イザベルは【畏怖の獣】の人工繁殖に成功したそうです」

「え？」

言っている意味がわからなかった。

「脅威は去ったんじゃないの？　あれが王都を滅ぼした奴なんだろ？」

「種類はそうですが、同じ個体ではないのです」

「どういうこと……？」

メアリーは肩を動かさずに、少しだけこちらに振り向いた。

顔は青ざめていて、肩は震えている。

「……今のは子どもなのです」

「え」

「王都を滅ぼした、親の【畏怖の獣】はまだどこかにいるのです」

キューンを探した。

研究所内を探した。どこまでも探した。

メアリーに広域感知魔法を何度も使ってもらった。

だけど、どこにもキューンはいなかった。


そうしているうちに外はすっかり暗くなっていた。

パカラパカラと馬の蹄《ひづめ》の音が響く。

アリシアの操る馬は、少しもふらつかない。

あんなにも大きな傷を負ったというのに。本当にすごい。

アリシアの出血は、研究所に置いてある包帯を何重にも巻くことで止まった。

……しかし。

「……ごめんなさいなのです」

メアリーはアリシアに謝罪した。

「何度謝るの……この傷は私が未熟だから……」

アリシアは涼しく言い放つ。

俺がメアリーに疑問に思ったことを問いかける。

「もう外だ。誰も見ていない。そろそろあの黒い獣の正体を教えてよ」

「……あの黒い獣は五百年前、旧ワルドヘルツを襲った【畏怖の獣】の子どもなのです……つまり倒したハズの親はまだ生きていたのです……」

「五百年前のことだろ？　生きてるものなの？」

「魔物の寿命は、種によっては無限なのです。魔力を与え続ければいくらでも生き続ける魔物もいるのですよ。きっと【畏怖の獣】はベネディクト家に代々守られていたのです……」

「五百年も守られる価値があるほど強いの？　その【畏怖の獣】は」

メアリーは笑顔を作ろうとする。しかし顔は引きつっている。

「最初は、電撃を纏《まと》う狼《おおかみ》くらいのものなのです……。【畏怖の獣】の恐ろしさはユニークスキルに集約されているのです」

「どんなスキルなの？」

「リ……リュック、アリシア、絶対怖がってはいけないですよ？」

「メアリーたま……」

俺はアリシアの顔を見上げる。

メアリーの震える肩をチエさんは優しく抱きしめる。相変わらず涼しい顔だ。

「ああ、恐れない」

メアリーは声を震わせながら言う。

「ユニークスキル【畏怖】――誰かに恐れられるほど、強くなるユニークスキルなのです。恐れは距離を問わないのです、奴《やつ》を想《おも》うだけでいいのです」

パカラパカラ。

蹄の音が鳴り響く。

「さっきみたいに、メアリーが怯《おび》えている間に大きくなっていたのも？」

「……そうなのです、今も恐れてはいけないハズなのです、なのに余の頭から恐怖が消えないのです」

メアリーはずっと自分の肩を抱いている。

俺の頭に変な発想が浮かんだ。

「メアリー……恐怖が消える、とっておきの方法教えてあげる。……だいぶ不謹慎だけど」

「そ、そんな魔法みたいなことがあるのですか？」

「Hなことを考える」

「えええええええええ!?」

メアリーは顔を真っ赤にする。

チエさんはぐふふと笑い、アリシアはほんの少し口元を緩ませた。

メアリーはアリシアのケガで必要以上に萎縮してしまっていた。

ここは和ませる意味も込めて、少しからかった。

顔を見るに、アリシアはその意図を汲《く》み取《と》ってくれたようだ。

「リュックは……セクハラなのです……お、おこるのですよ～」

メアリーの目は泳いでいる。

口では否定してみせたが、昨日今日で性に目覚めたてのお子様だ。

どうやら興味津々らしい。

「一大事なんだ。真面目に、Hなこと考えてみて」

「ひゃい……」

メアリーはキャベツで顔を隠す。

「たとえば好きな人に……胸を揉《も》まれるとか」

「余のは小さくて、誰も揉んでくれないのですよぉ……」

「小さいの好きな人も多いよ！！！！！　今は想像して！！！！！！」

俺は勢いでこの話を続けた。

「そして次にね、胸を揉まれたままキスとかされるの」

「胸を揉まれたままなのですか～～‼」

メアリーの脳内で革命が起きた。

性行為中にキスをするという発想を持っていなかったようだ。

「そしてその相手は『メアリー』『メアリー』って耳元で名前を囁《ささや》いてくるの」

「ほぇぇ～……余は昨日と今日でオトナの階段上りまくりなのです……」

メアリーは上の空だ。想像が膨らんだようだ。

「あ……」

　メアリーは何かに気づく。

「チエ。お馬さんを止めて」

「どうしたの？　メアリーたま」

　何があったんだろう。

「ちょっと、下着に違和感があるのです……拭きたいのです」

「ぐふふ、メアリーたま、またおねしょ？　ぐふふ」

「そんなわけないのです、最後にしたのは十一歳のころなのですよ。もうオトナだからそんな失態はありえないのです」

　草むらに隠れて確認する。

…………。

　メアリーは首を傾《かし》げて帰ってくる。

「少しねばっこかったのです。よくわからなかったのです」

「何だろう、アリシアわかるか？」

　アリシアは首を横に振る。

「わからない…………でも敵の攻撃かも。気をつけて」

　チエさんだけが珍しく黙っている。

　俺がメアリーに向かって言う。

「これで怖くないでしょ?」

「確かに怖くなくなったのです。これは【畏怖の獣】に対して有効に働くと考えられるのです……ですが」

「ですが?」

「し、死ぬほど恥ずかしいのです……」

「死ぬよりはいいだろう?」

「リュックは恥ずかしくないのですか? ……Hな話するの」

「平気かな。冗談で済んでいるというか、メアリーはまだ子どもだからかな」

「……」

あ、しまった。「子ども」と言ってしまった。

メアリーの顔を見ると、頬を膨らませて目を瞑《つむ》っている。

ああ、怒らせちゃった……。

街の明かりが近づいてくる。

「それで、これからどうするの? メアリー」

「まずは協力者を募るのです。イザベルお姉様を見つけるための」

「誰か協力してくれるの?」

「第三王女のアテネお姉様に協力を仰ぐつもりなのですよ」

「ああ、あのカニの」

「アテネお姉様の【GIGANT《ギガント》】はパワータイプのユニークスキル……かなりの戦力になるのです」

「他には？」

「むやみに人に教えては、不用意に恐怖を集めるだけなのです。最少人数で最大戦力を確保する必要があるのです」

だったらこのことはミオとかに教えないほうがいいな。クロエはどうだろう。

「イザベルお姉様には【畏怖の獣】とキューンさんという強力な手駒がいるのです。事態は窮しているのです……だからこちらが先手を打つのです」

「先手？」

「リュック……」

メアリーはこちらを向く。顔を赤らめて。

「リュック。余のお婿さんになるのです」

1

ワルドヘルツの貴族街。

まずは、俺たちはアリシアを病院に連れていった。

命に別状はないが、回復には二ヵ月以上がかかるという。再び裁判を行うのは、その傷が治った後らしい。

ここからは別行動。

チエさんはアリシアの経過監視。

一方、俺とメアリーはある用で教会にたどり着いていた。

そこで俺は黒く気品のある燕尾服を着させられる。

そして隣にいるのは白いドレスの花嫁……メアリーだ。

「え……」

脳がショートしていた。

「今日も、マリアお姉様を呼んでいるのです。こほん」

メアリーは赤い顔で咳払《せきばら》いをする。

「今日は、国民の皆にラブラブを見せつけるのですよ。リュック！」

「えええええええええええええええええええええええ！」

「もう！　その絶叫はさっき聞いたのです！」

「いや、何度聞いても新鮮な驚きがあってさ！」

メアリーと俺が婚約したのにはわけがある。

もちろん愛しあったわけじゃない。キューンを助けるためだ。

【花嫁戦争】は、王女が選ぶ花婿の優秀さを競い合わせる戦い。

イザベルは容赦なく暗殺を企てる王女と聞いた。俺たちが花嫁戦争の競争相手と認められれば、充分暗殺される対象になるらしい。

王位継承の意志を強めに発信することで、イザベルにアクションを起こさせ、しっぽを摑《つか》まえようというのがメアリーの魂胆らしい。

「それで……いいの？　チエさんの《六枚花》を借りて」

俺の胸には《六枚花》が付けられている。

「もちろん階級の交換は立派な犯罪なのです。しかし《二枚花》じゃ暗殺に来てくれないのです、背に腹は代えられないのですよ」

コンコン。

教会のドアが鳴る。

「よーっす。ついたぜー？　メアリー嬢ー！」

軽快な声が聞こえる。誰だ？

メアリーが返事をする。

「いいのですよー！　マリアお姉様ー！」

え？　マリア？　マリアってこんな軽い喋《しゃべ》り方だっけ。

バタンと教会のドアが開いた。

しかし目の前に現れたのは、あの石板で見た、エレガントなマリア・クロウウェルだ。

気品があり、ブロンドが美しい。いかにも王女。

しかし、やはり話し方がおかしい。

「それメアリー嬢のお婿さん？　すげー。年上じゃーん！　お金持ってんの？」

軽い。とにかく軽い。

この人、放送以外だとこんなななんだ。

「同世代の男の子じゃ物足りないのです、余にはこれくらいがちょうどいいのです」

マリアはふわっと俺の前に舞い出た。

さらにまじまじと俺を見つめる。

「何ですか？」

そして目の前で微笑《ほほえ》んでみせた。

「あはは、君まつげ長いねー！　うらやましー」

「え？　ありがとうございます」

「あーし、めっちゃ短くてさー！　目元超ブスでめっちゃ落ち込むんだよね！」

あーしなんだ。一人称。

「君、まつげ何で整えてんの？」

「い、いえ何も」

「ええ⁉　すっご！　まつげの天才じゃーん！」

顔をより近づける。

距離感が近いというか、気さくな人なのだろうか……。

「ここんとこだけ切り取れば、整形中毒の貴族に高値で売れるかねー……」

「物騒なこと言ってる！」

さすが商業ギルド総司令。常にお金のことを考えているらしい。

「そんじゃ【ON《オン》 - Air《エアー》】するからねー。鏡オッケー、椅子オッケー！　みんな笑顔お願いねー！　あーしの放送、笑顔大事にしてるから！」

とっさに笑顔を作る。緊張感がこみ上げてくる。

「それと後で出演料、金貨三枚もらうからね！」

「え⁉　今言うの⁉」

俺はマリアの発言に驚きの声を上げてしまった。

「はい、黙れー！　じゃ、いっくよー！　3、2、1……」

マリアの目が金色に光った。

――【ON - Air】。

バチバチバチ……ポ――――……ン。

マリアの身体《からだ》から電気が波紋のように広がっていく。

……。

…………。

……………。

「……皆様こんばんは、第二王女マリア・クロウウェルです」

多重人格を疑うほどの変わりようだ。

「皆様こんばんはなのです。第四王女のメアリー・リーリエールなのです、今日は紹介したい人がいるのですよ」

メアリーは俺を婿として紹介しようとしている。

メアリーの口調は、今までに比べてどこかたどしい。

花婿の紹介は勇気のいることだ。もし滞りがあるようなら、俺がフォローしなくては。

「隣の彼なのですが……彼の名はリュック……そして彼は、彼は」

メアリーは黙ってしまった。

「……」

仕方ない、俺が言わなくちゃ。

「はじめまして、俺はリュ――」

このとき、メアリーが俺のネクタイをぐいっと引っ張った。

そして背伸びをして――。

ちゅ。と軽く一つ。

俺の唇を奪った。

「え……？」

俺は呆然《ぼうぜん》としていた。

街中を歩いていたら、突然馬車に轢《ひ》かれたような感覚。

顔から血の気が引いた。

それと同時に心臓から送り出す血の量が増えた。

この矛盾する事象が同時に起こり、心臓はバクバクと危険信号を鳴らす。

バクバクバクバクバクバクバク。

メアリーは俺の顔を照れた表情で見つめて、ボソッと呟《つぶや》いた。

「……さっき余を子ども扱いした罰なのですよ、リュックも恥ずかしがれなのです」

そして、メアリーはマリアのほうをガバッと向く。

「彼は余の花婿の、リュック・ストレイジなのです！　余たちはラブラブなのです！」

メアリーの声が大きくなる。きっと……ヤケクソなのだ。

マリアも目を丸くしている。

「あら、これは大ニュースですね。メアリーにこんな素敵なボーイフレンドがいたなんて、今ワルドヘルツ内は騒然でしょう」

「ボーイフレンドじゃないのです！　余はこの人とえっちをして、子どもを産んで産んで産みまくるのですうううううううううううううう！」

あ、やばい。

俺明日から大丈夫かな。

頭が忙しい。忙しすぎて、止まった。

ミオもこの放送視《み》てるよね。

クロエとかキューンは俺とミオが付き合っていると思っている。

あれ……？　あれ……？

メアリーに皆の前でこんなことを言わせてしまった。

婚約破棄などできるわけない。

あー……まずい。

俺は今、ワルドヘルツの人からどう見えてるんだ⁉

「そうなのですか？　リュックさん！」

マリアが俺に問いかけてきた。

バクバクと鼓動が鳴る。

これはイザベルを釣るため。

キューンを助けるため……。


「俺、メアリー様とめっちゃ子ども作ります！」


俺の人生が終わった気がした。

パチパチと拍手が鳴る。

マリアの拍手だ。「よく言った」と上から目線の拍手だ。

「メアリーも恋をする年齢なのですね……実はワタクシも花婿を連れてきたのです」

「マリア様もですか⁉」

俺はつい声を上げてしまった。

「メアリーの話を聞いたとき、ワタクシも今日が紹介する好機だと、実は外で待たせているのです、さぁ入っていただけませんか？」

マリアの花婿。どんな人だろうか。

教会のドアが開く。

コツコツと足音が近づく。

殺気が漂っている。

黒い燕尾服にツバのついた黒い帽子。

その黒を基調とした服装が、肩と手足にのみ装備された鉄の鎧《よろい》を目立たせる。

腰には、鋭い剣の入った鞘《さや》がぶら下がっている。

そして胸に付けられた《八枚花》――。

この殺気と《八枚花》――剣豪なのだろうか……。

綺麗《きれい》な金髪は一瞬、女の人ではないかと錯覚させるほど美形……。

……というか……。

俺は大声で叫ぶ！

「キューン！！！！」

そう、その黒い服の紳士は俺たちが探し続けていたキューンその人だった。

そして彼女はこう言い放った。

「とほほ……なんで私がこんな目に～～」

「そう、ワタクシの花婿はこのキューンという殿方です」

マリアはキューンの肩を抱いてみせた。

こうしてみると、美男美女のカップル……でもない！

キューンは男に間違えられるようなタイプじゃない。

どう見ても、女と女だ。そこのところ、マリアはわかっているのだろうか。

「あれ？　どう見ても女と女だって？　いえいえ、男の人ですよ、証拠に」

マリアはキューンを抱き寄せて、その場で接吻《せっぷん》をしてみせた。

ズキュ――――ン！

「～～～～～！！！？」

キューンも予想外だったようで、戸惑っている。

「こんなこともできてしまうから……」

マリアは鏡に向けてぺろっと唇を舌で舐《な》めた。

目の前の光景が衝撃的すぎて、俺とメアリーは固まってしまった。

「メアリーにはまだ早かったですか？　今日の放送は衝撃でしたね、それでは皆様また明日……」

――プツン。

放送が切れた。

「キュ－ン、無事だったんだね！　心配したんだよ」

しかし、キュ－ンは俺の労《ねぎら》いの言葉を躱《かわ》し、こちらを睨《にら》みつけた。

俺は心配になる。

「……洗脳でもされているのか？　マリア様、一体キュ－ンに何を！」

マリアは「さぁ」と、とぼけた顔をする。

俺はキュ－ンの肩をゆする！

「キュ－ン！　俺だ！　リュックだ！　思い出して！」

キュ－ンの頬を涙が伝う！

「あ、思い出したんだね」

バシッ！

そのときキュ－ンは俺の手を払う。

「な……何を！」

「浮気なんてッ！　最低です！　口もききたくありません！　ミオ様がかわいそうです！」

……はい、すみません。

この状況……どう説明しよう。

2

先ほどの放送のせいで、教会前には人が集まっていた。

だから俺たち――メアリー、キューン、マリア、そして俺は裏道から、人気の少ない、第二教会に移動した。

「そうですか……そんなことが」

キューンは俺の弁解を受け入れてくれた。

「それにしたってミオ様がかわいそうです！　裏切られた気分になったと思いますよ！　私もついていくので共にごめんなさいしましょう！　そして誤解を解いたら、全力で抱いてさしあげるのです！」

キューンは俺の手を握って「しろ」と迫ってくる。

もちろんミオとは偽装恋人だからそこまでする必要はない。のだが……。

「ところで、キューンはなぜマリア様のところに？　イザベルのところに捕まってたんじゃ……」

俺の問いかけをマリアが遮った。

「それは、あーしが確保しといたんだよねー。イザベルお姉様にとられる前にさー！　幽閉したけど食事は充分に与えたから安心してー！」

朗らかに答えたけど、幽閉って……。

「キューンの能力なら、出られたんじゃないの？」

俺の質問を聞いて、マリアが人差し指を差し出した。

「それ、いー質問。ウチの城には特殊な魔法陣によって、スキルが使えない部屋があんの！　もう死んじゃったお母さんのスキルの名残らしいんだけどそれめっちゃすごくね？　なんか良い商売のアイデア考えてんだけど、いーの思いつかなくてさぁ」

マリアは軽々しく母が死んだ事実を伝える。

この人が言うと本当に何もかもが軽い。

「とほほ……王都に来て、速攻で閉じ込められるとは思わなかったです……」

「早とちりしすぎたのです。不審な動きは全部、イザベルお姉様のものとばかり」

メアリーは自分の勘違いで小さくなっていた。

「でもいーんじゃん？【畏怖の獣】のこともわかったんだし」

マリアは頭の後ろで手を組む。リラックスしたポーズだ。

「で、何でマリア様とキューンは結婚することに……？」

キューンは顔をそらす。

マリアは人差し指を突きだして、天を指した。

「目指すなら、やっぱ王っしょ！」

質問の答えになっていないが俺は圧倒された。

マリアはその手を今度は頭の後ろに回した。

「ほんとーは【花嫁戦争】に勝つため。だって《八枚花》ってワルドヘルツに十人ちょっとしかいないから。キューンと結婚できたら、めちゃ強じゃん」

彼女は付け加える。

「それに王位に就くと継承されるあの王笏《おうしゃく》と王冠……一体どれくらいの値がつくか気になるじゃん！　アハハ」

「ま……マリアお姉様！　売るつもりなのですか!?　信じられないのです！」

メアリーはマリアをぽかぽかと殴る。マリアは笑ったままだ。

このマリアという王女はどこまでいってもお金が大好きらしい。

「というのは二番目の目的。ほんとはイザベルお姉様を釣るためにやってんの」

「マリアお姉様もですか!?」

メアリーは驚きの声を発した。

マリアはいじわるそうに言った。

「ほらお姉様、絶対ろくな夫見つけられないと思うんだよねー……だから《八枚花》の夫を見つけたら絶対に襲ってくるって思ったの」

目的は俺たちと同じだったようだ。

結局ここには正式なカップルはおらず、全員が偽装カップルだったのだ。

「マリアお姉様も、イザベルお姉様を警戒しているのですね」

「絶対に何か仕掛けてくると思うよー。……まさか【畏怖の獣】を従えているとは思わなかったけどねー！」

暗殺への信頼感がすごい。イザベルお姉様ってどんななんだ……。

「……とにかく石は投じたのです、後日、第三王女アテネ・クーに協力を仰ぎ、引き続き【畏怖の獣】の所在を調べるのです。警戒を悟られないように、この後は普段どおり過ごすのです、ただし臨戦態勢は取るのですよ」

「あーしも広域感知を持ってっから外敵にはすぐに気づけるよー」

マリアは手でオッケーのマークを作る。

「リュックの周りにも、広域感知魔法を使えるシスターを忍ばせておくのです。チエほどではありませんが、代わりに危機察知をしてくれるのです」

皆は同意する。そして解散の流れになった。

その前に俺は手を上げる。

「キューンの無事をアリシアに伝えたいんだ。いいかな」

「面会を許すのです、キューンさんもついていってあげて欲しいのです」

3

大きな病院でアリシアと出会い、キューンはショックを受けた。

「……アリシア様が……これほどのケガを……」

「ううん、心配しないで……キューンが無事で良かった」

アリシアは何事もなかったように涼しい顔で言った。

「うう……何百人もケガさせて、そしてアリシア様にまでケガを……メイド騎士として恥と言わざるを得ません」

キューンはぺこりと頭を下げた。

「頭を下げないで……キューンが無事なら……ほんとにいいの……それにしても」

「？」

「ずいぶん身体……なまってる……トレーニングサボってるでしょ」

「ギクッ！　これはですね幽閉されていて」

キューンから汗がぴぴぴと飛んでいる。

アリシアの口ぶりが重たくなった。

「腕立て三百回……」

「ここでですか⁉　留置所ですよ⁉」

「いいから……私もやる」

「とほほほほほ〜〜〜‼　アリシア様は休んでてくださいいい！」

面会所で腕立てを始める二人。

俺はキューンとアリシアにある種の友情のようなものを感じた。

俺は彼女らを二人にしたほうがいいと思い、俺は外に出た。

4

海岸でザザーンと波の音を聞く。

夜の海は闇だ。【畏怖の獣】を思い出す。

アリシアに深手を負わせた。あの獣……。

俺は怖くなり、俺もやらしい妄想で誤魔化すことに決めた。

急に浮かんだのはメアリーだった。

先ほどのキスがどうしても思い浮かんでしまう。

え！　嘘《うそ》だ！　メアリーはまだ子どもだぞ！

「やっほー！　ロリコンナイトくーん！」

「うわぁ！　誰だ！」

突然の悪口に俺は振り向いた。

「くすくす、図星かなぁ～？」

第二王女マリア・クロウウェルが階段の上から見下ろしている。

なんだか嫌らしい笑いをしていた。

一歩一歩。階段から降りてくる。

「君、すごいんだね」

身に覚えのない褒め言葉に身体が強張《こわば》る。

「何がですか？」

「メアリーの心の氷が解けてる」

「え？」

「メアリーはユニークスキル【Re:Vive《リバイブ》】のせいで、周りの大人に心を開いてなかった。見えるか見えないかギリギリみたいな友達しかいなくて心配だったんだよねー」

チエさんのことか。

「それがねぇ、好きな男の子連れてきてさ、感慨深いよねぇー、一体君にはどれほどの値打ちがあるのかなー」

マリアはまじまじと俺の全身を見つめる。

そして視線を俺のバッグに移して、何かに気づく。

「んー？　この可愛《かわい》い四角なのなに？」

「これですか？【攻撃祈願】って御守《おまも》りですが」

「ちっちゃくて、めっちゃ可愛い！　これ一個売ってくれね？」

「え！　是非！」

俺は余っていた【開運祈願】をマリアに渡す。

「このアクセどこで売ってるの？　ウチの放送で紹介しよっか？　場所教えて！」

「いいんですか？　ミオも喜びます！」

「……みお？」

「あ、俺の仲間で、マリア様のファンなんです」

マリアが興味深そうに訊《き》く。

「え？　あーしのファン？　あーしのことどう言ってんの？」

「綺麗で明るくて、勇気をもらえるとか」

マリアは嬉《うれ》しそうな顔をして、ぴょんと飛び跳ねた。

「やっほーい！」

「そ、そんなに嬉しいですか？」

「嬉しいに決まってるよー、あーしもそう見られたくて頑張ってるんだからさー」

マリアは唐突に俺の隣に座った。

トントン地面を叩《たた》き、俺を右に座らせる。

「ほら、さっきお母さん死んだって言ったじゃん。そのお母さん、ずっと何かに怯えててねー……。周りに強く当たってたし、結構キツかったというか、思ったより周りに悲しい想いさせちゃうんだよねー」

マリアは星空を見つめた。

「その反動なのかな、あーしはずっと星空でいようと思った。周りが暗くても星が輝いている。ずっと笑顔。笑顔を振りまけば、きっと皆が笑顔になれる」

マリアは立ち上がる。

「だから、あーしは放送で楽しいことしかしないんだー」

彼女の笑顔は眩《まぶ》しかった。

「マリア様は皆に勇気を与えてると思いますよ」

マリアは少し照れた。

「あはは、初対面なのに喋りすぎちゃったね、確かに君には何か特別な魅力があるみたいだね、メアリーが懐くのもわかるわー」

マリアは【開運祈願】をぴっと突きつけた。

「これ、いっぱい作っといてね！　明日の夜の放送までに」

マリアは瞬く間に消えてしまった。

運がとてもいい。

【開運祈願】のおかげだろうか。

マリアの放送で紹介してもらう。これ以上の宣伝はない。

体裁が良いだけの、銭ゲバだと思ってたけど、案外良い人なのかも。

……絶対高額の宣伝費取られるだろうな。

まぁいい。

今朝、冒険者ギルドに貼り紙を貼っていたことを考えると、とんだ大進歩だ。

この朗報を……ミオたちに伝えないと！

でも今日のことどう伝えよう……。

店を盛り上げるために冒険者ギルドに向かったのに、いつのまにか第四王女と婚約して帰ってきた……。なんとも説明しがたい。

考えると落ち込んできて、俺は肩を落として宿屋に帰った。

5

「リュックくん、おかえり」

「リュック・ストレイジ、遅かったな」

宿屋に帰ると、ミオとクロエにあっけなく迎えられた。

あれ、二人とも放送視てない……？

それならいい。

あそこにはキューンとマリアのキスシーンも映されていたから……。

ミオが見たらきっと死んでしまうだろう。

「開店祝いも兼ねてね、クロエちゃんと私がご飯作ってたの、皆で食べよう？」

「え、作ってくれたのありがとう！」

クロエが持ってきたのは、ほかほか焼き魚。魚の脂がてらてらと光っていておいしそうだ。

「あれ？　俺のだけ小さくない？」

クロエは食卓に座る。

「ああ、貴様は小さい子が好みと思ってな」

「え」

俺が小さい子が好み？　どういうことだ？

今度はミオが焼き餅を持ってきた。ミオの国の郷土料理だ。

白い四角形の米をついて固めたものの上部に穴を開けて、シチリンというこれまた東洋に伝わる調理器具を使って、熱する。

すると、上部に膨らみができて、趣のある形になる……のだが。

「あれ、これも俺のだけ、ぺたんってなってるね……」

「うん、リュックくんはぺったんこが好きだと思ったから」

「……」

もぐもぐ。ぱくぱく。

沈黙が流れる。

わー………。

居心地が……悪すぎる！

「あの、ミオ、クロエ、誤解なんだ！　メアリー様のこと」

すかさずミオが口を挟む。

「さっき、キューンちゃんが来て伝えてくれたよ」

「え、キューンが⁉」

クロエがご飯を食べながら、淡々と説明する。

「第一王女イザベルのせいで、お姉様が負傷したこと、そして彼女を釣るために偽装カップルを演じたということも聞いている」

俺はキューンに強く感謝をした。そして二人に謝罪した。

「ごめん！　黙ってて！　メアリーとキスしたことも！」

クロエとミオは顔を見合わせている。

「くすくす……」

二人は意外にもそれほど怒ってなかった。いや、逆に怖いんだけど。

クロエとミオは俺の左右に周り込み、二人でそっと耳打ちしてきた。

「この変態のロリコンが」

「ちっちゃい子好きなんだね、リュックくん？」

耳がゾクゾクした。

俺が身体を震わせると二人ともふふふと笑いだした。

「冗談はこれくらいにしよ？　クロエちゃん」

「まぁ、作戦なんだろう？　理解はしているつもりだ」

「え」

俺は顔を上げる。

「リュックくん、わかってるよ。放送視てたけどメアリーちゃんに興味なさそうだったから……小さい子には興味ないんだね」

「あからさまだったな。あれは、少し気の毒なくらいだ」

二人はメアリーが子どもだからという理由で見逃してくれた。

俺は胸を撫《な》でおろす。

「それよりも大変だったのは、ミオ殿のほうだぞ、その後マリア様とキュ……」

ガシャーン！

ミオが椅子から転がり落ちる。

「ミオ殿！」

「ミオ！」

ミオは身体を硬直させたまま、鼻血を出して倒れてしまった。

「く、不覚！　さきほどの光景を思い出したのか！　ミオ殿は、マリア様とキューンの接吻を見て、あまりの衝撃にこんな無様な状態になってしまったのだ！」

「ミオ！　ショックが大きすぎたのか！　……ん？」

ミオは辛《かろ》うじて右手を上げる。

「どうした……何を……伝えたいんだ！」

そして、親指を立てて、グッドのポーズを見せた。

「あれはあれでいいのかよ！」

6

翌日もミオの店は開く。

俺は昨日の騒ぎがあったためヘルムを被《かぶ》ることにした。

しばらくは【零騎士《ゼロきし》】として過ごすハメになるだろう。

九重《ここのえ》ノ御守屋《おまもりや》・二号店は盛況なわけでもなく、閑古鳥が鳴くでもなく、ちまっとお客さんが来ては、帰っていく。

接客は俺とクロエが、そして工房ではミオがとにかく御守りを作っている。

ピカッと青白い光が漏れる。

《生成完成……【攻撃祈願】×10：弱小モンスターから生成された御守り。ランクE。重量20。攻撃力を少し上げる》

《生成完成……【防御祈願】×10：弱小モンスターから生成された御守り。ランクE。重量20。防御力を少し上げる》

《生成完了……【開運祈願】×10：強い魔物の素材から生成された御守り。ランクC。重量30。運のよさが上がる》

「今日は一段とすごい張り切りようだな。ミオ殿」

「マリアが御守りを気に入ったって知ったからかな」

マリアが御守りを気に入ったのは「可愛いから」であって「強いから」ではない。

しかし手に取ってもらえるチャンスを逃すわけにはいかない。

この店に来たお客様に「可愛くて強い」ということをアピールするしかない。それが俺たちの仕事だ。

コンコン。

《四枚花》の配達人が緊張した姿でやってきた。

「リュック・ストレイジ様、ここここ、これ！　メアリー様からの手紙ぃ‼」

俺に手渡すと、素早く帰っていった。

「メアリー様からか。偉くなったものだな、リュック・ストレイジ」

「きっとアテネ・クーとの協力要請の現状報告だ」

「恋文というヤツかもしれんぞ」

「まさか、メアリーは俺に気はないよ。あのキスは子ども扱いされたメアリーが怒っただけなんだから」

封を開けて中を確認する。

中にはすごく綺麗な字と、キスマークがついていた。

＋＋＋

親愛なるリュックへ

ゆうべは無事でしたでしょうか。
何か不審なことがあれば連絡いただけると嬉しいのです。
ちなみに余はドキドキして無事ではなかったのです。
唇の感触がずっとずっと残っているのです。
ずっとずっとリュックのことを考えていたのです。

本題ですが、第三王女アテネ・クーの積極的な協力を得られませんでした。
あとなぜか余とは会ってくれないのです。
きっと、待ち人が来ない心労により体調を崩してしまったからです。
まったくひどい男なのです。
リュックはそんなことしないと信じているのです。
リュック。好きです。愛しているのですよ。
だからこそ、子ども扱いされるのは癪《しゃく》なのです。

リュックがもっと余のことをオトナだと思ってもらえるよう努力するのですよ。

覚悟をして欲しいのです。

P．S．：胸のサイズがちょっぴり大きくなったのです。
第四王女　メアリー・リーリエール
（ここにキスマーク）

＋＋＋

……手紙にはアテネ・クーについて書かれていた。ほんの少し。

それ以外のことは、ほぼ俺についてだ。あと胸。

クロエは苦い顔をする。

「おい、リュック・ストレイジ……これ完全に浮気」

「違う！　違う！　メアリーが性に目覚めただけなんだって!!」

俺はたじたじになっている自分に気づく。

何で俺はこんなに戸惑っているのだろう。

子どもだと思っていたメアリーはもしかして魔性の女なのか？

この手紙には参ったが、それだけだ。

この日は、手紙以外は、特に変わったことは起きなかった。

いや、街には変わったことがあった。

街を回ると武器を持った男たちが何かを探していた。

彼らは何を探しているのだろうと、聞き耳を立ててみた。

「《六枚花》がこんな平民街にいるわけないっすよ！」

「よくも俺のメアリー様を！　リュックはどこだ！　殺してやる！」

俺だった。きっとこのヘルムを脱いだ瞬間、俺は殺されるだろう。

今日は同じようなグループをたくさん見つけた。

あとは男装している女性もたくさん見つけた。

何にせよ、平和な一日だった。

今この世界に【畏怖の獣】がいるなんて、想像ができないほどに。

7

翌日も御守りを作るだけで日が暮れた。

ミオの制作スピードは常軌を逸しており、俺は素材の買い出しの往復だけで、一日を終えてしまった。

閉店時間になるころには、倉庫が御守りで埋まっていた。

「これ……本当に売れるのかなぁ」

ミオの心配はもっともだ。

とても捌《さば》きれるとは思えない。

しかし、マリアの放送の力を信じるしかない。

宿に戻っても、俺たちはそわそわしていた。


「ねぇ、リュックくん、そろそろかな？」

ミオは石板の前で正座待機をしている。

「普段の放送時間はもっと後だよ、リラックスしたら？」

ミオの腹がぐぅっと減る。

「そ、そうだね、先にご飯食べようかな」

「今日の買い出しはクロエのハズだけど……ちょっと遅いね」

ダダダダダ。

そのとき、何かが駆け上がる音がした。

バタンッ！

「大変だ！」

クロエがドアを開け、息を切らしながら入ってきた。

「どうしたの、クロエ！」

「はぁはぁ……落ち着いて聞け……」

「ああ」

「マリア様の城に襲撃があったらしい！」

「え⁉」

俺とミオは共に驚く。襲撃⁉　まさか第一王女のイザベルの仕業か⁉

「え、ど、ど、どうしよう！　マリア様が、キューンちゃんもいるんでしょ⁉　助けなきゃ！」

ミオは俺の服の裾を掴む。

「落ち着いて、ミオ！　今は気持ちを落ち着かせるんだ！」

俺はクロエに問う。

「敵は何者かとか、他に情報はある？」

「ない。我も市場で聞いただけだ。もちろん尾ひれがついている可能性もある」

「だったら今は落ち着くしかない」

落ち着け。正しい情報が入るまでは。

――このとき。

――電流が石板に宿る。

「あ……」

――これはまごうことなき、第二王女マリアのユニークスキル。

――【ON - Air】だ。

パチパチチッパチッ！

「放送があるってことは……無事だったってこと⁉」

ミオは石板から目を離さない。

映像が映る。


背景は山奥……だろうか。

暗くてほぼ何も見えない。

「ガルルゥウゥウ」

獣の唸《うな》り声《ごえ》。それに交じる人間の荒い息づかい。

——はぁはぁ……。

誰の声だ？　声が掠《かす》れて誰かわからない。

——やめて、やめて、やめて。

何かを懇願する声。

——映さないで、映さないで、映さないで。

誰だ……？

「ごめんね、マリアちゃん。本当はこんな乱暴なことしたくなかったのだけれど」

優しいウィスパーボイス。女性だろうか。さっきの声とは別人だ。

「国の皆にこの姿を見てもらわないと」

視界にキラリと光る何かが置かれた。

鏡だ。

鏡に、マリア・クロウウェルと思わしき人が映っている。

彼女の身体は何か大きな獣の手に握られていた。

いや、マリア・クロウウェルじゃないのかもしれない。

だって……全身が焼け焦げていて、誰の顔か判別できなかったのだから。


「きゃあああああああああああああああああ！」

ミオの叫ぶ声。

ミオだけじゃない、近所のあらゆる場所から、叫び声や、物やガラスが割れる音が聞こえてきたのだから。

「やだ、やだ、やだ。なんでスキルを解除できないの……」

王女マリアのやっとの想いで捻《ひね》りだした声。

その声に返答するもう一つの女の声。

「マリア？　これはね、スキルを無理やり発動できるヘッドギアなの。勉強になった？

まぶたは焼いたし、首は棒で固定した。マリアはただ前を見るしかないんだよ」

声の主である女の姿は見えない。

しかし、鏡に映らないだけで、すぐ傍にいるのだろう。

その姿を国民に見せるつもりはなさそうだ。

「さて……国民の皆様に挨拶を忘れていました」

俺たちは息を飲む。

「私は第一王女——イザベル・ベネディクトと申します。平和を愛しています」

丁寧で落ち着いた声色に、かえって恐怖を覚えた。

彼女は続ける。

「今日は皆様に大事なお知らせがあります——愛《いと》しい我が妹マリアに危害を加え、拉致をしたのにはやむを得ない理由があります。聞いてください」

マリアはただ、凄惨な姿を国民に晒《さら》している。

……その右手に、【開運祈願】の御守りを握りながら。

傍らで、イザベルが話す。

「今日は父上の考案した【花嫁戦争】にモノ申したいと思っています」

イザベルは息を吸う。

「あの放送を聞いて私は完全に理解しました。父上、あなたはこの王国の癌《がん》であると」

癌。

優しい声から出るには、あまりにも物騒な言葉。

彼女は淡々と演説をする。

妹の焼けただれた身体を目の前にして。

――皆様、今魔王軍がどれほどの力をつけているかご存じですか？
――彼らは【始祖《しそ》ノ七兵団《しちへいだん》】という武力に特化した軍を着実に育てているのです。
――そしてこちらの武力が弱まる日を待っています。
――近いうちに、必ず大規模な戦争が起こります。
――今、ワルドヘルツがすべきことは戦力を集め、魔王の進軍に備えることです。
――それなのに国王は姉妹たちにのんきに花婿を探させている。
――忘れているのです。この国の皆は魔王軍の恐ろしさを忘れているのです。
――今、人類は一丸になって、魔王軍と戦うべきなのです！
――そのはずなのに、世界の心臓であるはずのワルドヘルツはいかがですか？
――階級などというくだらない価値基準で内輪で騒いでいるだけじゃないですか。
――そもそもスキルの強弱を階級で分けることに何の意味があるのですか。
――スキルの強さなんて状況や組み合わせによって変わるのに。
ここでイザベルは息を吸う。
――癌です。癌なんです。癌だらけなのです。この国は。
――五百年前【畏怖の獣】に滅ぼされた苦渋を皆忘れてしまったのです。
――だから私が、国民皆の魂に刻まれた、その大事な感情を。
――思い出させてあげましょう。
パチンと指を鳴らす音が聞こえる。

マリアはバサッと地面に落とされた。

「きゃ……」

そして、マリアはイザベルに抱えこまれながら、上を向かされる。

石板に何かが映し出される。マリアの視界は異様なものだった。

そこには――【畏怖の獣】がマリアを覗《のぞ》きこんでいた。

「ひぃっ！」

黒く禍々《まがまが》しい毛並みの獣。紫色の電気のようなものを纏っている。

獣には似合わぬ、魚眼のようなぎょろりとした目は根源的恐怖を思い起こさせる。

「彼は五百年前、私たちに痛みを教えてくれた【畏怖の獣】です。私の魔法で完璧にコントロールしてあるので、ご安心ください」

「ガルルルゥウゥッ」

その小さな狼は、少しずつ大きくなっていく。

「彼のユニークスキル【畏怖】は恐怖を与えれば与えるほど大きく、強くなるスキルなので、国民の皆様、どうぞ怖がってあげてください」

――さて。

マリアの視界にイザベルの後ろ姿が映る。

背は百七十センチくらいだろうか、モミの木を連想するような外ハネの黄緑色のロングヘアーに、日に焼けた肌。

白く長い手袋。そして、ティアラのつけられた魔女の代名詞の白いとんがり帽子。

その帽子にはギザギザの口がついており、黄色い舌を露出させて「ケケケ」と鳴いている。

まるで生命を与えられたかのような、あるいは本当にそうなのか、とにかく奇抜な帽子だった。

彼女のいでたちは——まさに白い魔女だ。

上品な佇《たたず》まいで、ゆっくりと歩く。

イザベルの向こうには明かりが点々と灯《とも》っている。

きっと、あれはワルドヘルツで生活する人々の灯《あか》りだ。

そして、きっとイザベルのいる場所は、山岳の上にある旧ワルドヘルツなのだろう。

そして彼女は手を前に突きだす。

「さぁ【畏怖の獣】よ、貴族街の三番地四丁目の六に『雷鳴』を轟《とどろ》かせなさい」

「や…やめ」

マリアの懇願も虚《むな》しく、獣の鳴く声が轟き響く！

「ギャアアアアアアアアアアアアアアアアアアアアアアアアアッッ」

バチッと一瞬紫色に光った！

そして数秒待つと。

ドォォオオオオオオオオオオオオオオンッ！！！

衝撃が俺たちの宿屋に落ちる。

違う。

貴族街に落ちた衝撃が俺たちの宿屋まで届いたんだ！

きっと【畏怖の獣】の口からは、電撃の束のようなものが吐かれたのだと思う。

旧ワルドヘルツから、貴族街までは馬で走っても二時間はかかる。

そんな信じられないほどの遠距離から攻撃を当ててみせたのである！

聖女の結界を破ってあの威力などありえない！

どれだけ膨大な魔力なんだ！

石板の中からイザベルの声が聞こえる。

「貴族街の生活課ギルドに命中したようですね。彼らは階級という王都内だけで完結する腐ったシステムを作りあげた癌でしたので」

イザベルはこちら側を振り向く。つまりマリアのほうだ。

パチン……ボワァッ。

彼女はマリアの胸に付けられていた紫色の《八枚花》を取り外し、炎の魔法で燃やした。

その炎の光で初めて彼女の姿がよく見えた。

彼女の目は真っ直《ま》ぐ《す》だった。

純粋で、つぶらな瞳だ。

その過激な発言や、魔性にも見える後ろ姿の印象とはまるで違う。

そしてわかったことがもう一つ。

彼女の耳は尖《とが》っていた。

魔法を得意とし、長寿が特徴のエルフ族だったのだ。

イザベルは右手に握った荘厳な杖《つえ》を、こちらに突きだした。

口調はあくまで穏やか。しかし彼女は恐ろしいことを口にした。

「これより癌を取り除きたいと思っています。国民の皆様、何卒宜《なにとぞよろ》しくお願い致します」

「この後すぐに父ミカド・ワルドヘルツを殺します。かつての英雄の魂を引き継げなかったのに国のトップに立ってしまった癌だからです」

「その三十分後、第四王女メアリー・リーリエールを殺します。あなたは【花嫁戦争】に素直に参加するような、頭の腑抜《ふぬ》けた癌だからです」

「その三十分後、この隣にいる第二王女マリア・クロウウェルを殺します。彼女には何度も争いの悲惨さを伝えるように説いたのに拒否しました。平和ボケした癌だからです」

「第三王女アテネ・クーだけは殺しません。彼女のユニークスキル【GIGANT】はこれからの魔王討伐にあたって必要だからです。跡継ぎ争いに興味がないのもいいですね。今度一緒にカニを食べましょう」

彼女イザベル・ベネディクトはこちら側に笑顔を向けた。

「この王都を力で支配し、私は王になります」

お……王？

「最初は至らない点もあるかもしれません。百二十年ほどは暴君に見えるかもしれませんん。しかし、これは未来の平和のためなのです。皆様魔王退治にご協力ください」

帽子を脱ぎ、彼女は誠心誠意のおじぎを見せた。

何言ってんだ……この女。

彼女の思想についていける者は誰一人いない。いるわけがない。

彼女の後ろ、遠くに、ワルドヘルツから立ち昇る煙が見えた。

第七章　恐怖を乗り越える、その方法

王都は恐怖に包まれた。たった一人の魔女によって。

「どうするのだ、リュック・ストレイジ！」

クロエはミオの背中をさすっている。

「はぁ……はぁ、クロエちゃん大丈夫……もう気持ち悪くない」

ミオはマリアの悲惨な姿に心を痛めていた。

俺はバッグを背負う。

「どうするも何も……止めるしかない！」

そのとき、ガチャリとドアが開く。

「皆様大丈夫ですか！」

キューンが駆けつけてきた。見慣れたいつものメイド姿だ。

「私も……いる」

後ろからアリシアも来た。

きっとキューンのスキル【En:Portals《ポータルズ》】で迎えに行ったのだろう。

「あれ……？　アリシアって全治二ヵ月のケガじゃ？」

アリシアは上体を伸ばした状態で、左右に揺れた。

「……動く」

すごい回復力だ!!

「ワルドヘルツに来てようやく【最強騎士団】が揃《そろ》ったね……どうしようか」

このとき、身体《からだ》に何かの衝撃波を感じた。

「!?」

これは……。誰かが強力なユニークスキルを使ったのだ……。

――【GIGANT《ギガント》】。

様子を見るために、俺は宿屋の屋根の上に素早く移動する。

この衝撃の方向は貴族街だ。そちらに視線を移す。

「で……でか!!」

そこには、立ち並ぶ建物群に交じって、山のように巨大な少女が立っていた。

第三王女アテネ・クーだ!

「ギャアアアアアアアアアアアアアアアアアアアアアアアアアアアアアッ」

【畏怖の獣】の攻撃二発目。

雷撃の向かう先は王城。ミカド・ワルドヘルツの王城だ!

「はぁあああああああああああああっ」

彼女はそれを両手で受け止める!

バチィン!

　そして手を払い、その雷撃を消した。

　アテネ・クーの手は真っ黒こげだ。

　そして彼女は天に向かって咆哮《ほうこう》する。

「はぁ……はぁ……、何で今日なの⁉　私今日めちゃくちゃ落ち込んでるんですけどぉおおおおおおおおおおおおおお！」

　待ち人来ずのアテネ・クーにとって、この騒ぎは特に煩わしいものらしい。

　放送中の石板から声がする。

　イザベルの穏やかで禍々《まがまが》しい声だ。

「皆様、ご覧になられましたか？　彼女の【GIGANT】は巨大化するスキルです。ただの巨大化ではありません。戦っている相手を倒せるまで大きくなるのです。これがどんな意味を持つかわかりますか？」

「彼女は魔王ですら殴り殺せるのです」

　恐怖を煽《あお》るのが目的のはずのイザベルがアテネの強さを語りだした。

「私は彼女のスキルを一番評価しています。人類の希望の星です。だからこそ一番警戒して、遠距離からの攻撃を選びました。殴られないよう、遠くから、遠くから」

　イザベルは続けて言う。

「アテネ・クー。私はあなたを攻撃したくはありません。どうか国民の皆様。アテネを諫《いさ》めていただけませんか？　あなたは世界を救う大切な身体です。諦めてください」

イザベルはさらに捲《まく》し立《た》てる。

「わかります。アテネ、あなたは冒険者ギルド総司令。魔物の襲撃という有事には、街を守るという責任があります。王都騎士団にも同じことが言えますが。しかし、これは襲撃ではありません！　手術なのです！　だから諦めて！」

彼女はそう言い、獣に攻撃命令をくだした。

――【雷鳴】。つまり【畏怖の獣】の攻撃の三発目。

「ギャアアアアアアアアアアアアアアアアアアアアアッ」

アテネに降り注ぐは紫の雷の束、両腕で攻撃を防ごうにも、防ぎきれない！

アテネ・クーの絶叫が轟《とどろ》く。

「アアアアアアアアアアアアアアアアアアアアアッ！」

雷撃をもろにくらってしまう。

しかし、倒れることはない。根性で立ち上がる。

そして叫ぶ！

「最低！　本当はこんなスキル使いたくない！　こんな怪力女ってわかったら……恥ずかしいじゃん！　あの人……来ないじゃんッ！　まぁ、メアリーに取られたんだけどおおおおおおおおおおおおおおおおおおお！」

え……？

メアリーに取られた？　メアリーって第四王女のメアリー・リーリエールのことか？

取られた？　俺にはアテネ・クーとの接点はなかったはずだけど。

？？？？？

俺の知らない事情があるのだろう。それよりもアテネの身体が心配だ。

アテネの身体は雷撃で消耗している。

彼女が倒れたら、この王都はいよいよ絶望に包まれるだろう。

逆に彼女が【畏怖の獣】を殴れる状態ならば、この危機的な状況を脱せられるわけだ。

……そうだ！

俺は宿屋の中に戻って、キューンの腕を摑《つか》む。

「キューン、俺についてきてくれ！　俺と【畏怖の獣】のいる場所に行くんだ！」

「な、なぜ敵の本拠地に⁉　勝てるかわかりませんよ」

「キューンの【En:Portals】で貴族街と旧ワルドヘルツを繫《つな》げるんだ！　そしてアテネ・クーを誘導して、直接殴れる状況を作るんだよ！」

「なるほど、さすがリュック様……。この状況下で合理的な判断です」

「これから旧ワルドヘルツに向かう兵はたくさんいると思う。でもそれまでに国民の恐怖が膨れ上がったらおしまいだ！　平民街が一番近い！　俺たちが行くしかないんだ！」

クロエはドンッと胸を叩《たた》く。

「我もついていく。スピードではリュック・ストレイジ、貴様には負けていないからな」

「助かるよ、クロエ！　アリシアは、ミオを任せたよ！」

「わかった……旦那様」

俺はキューンをお姫様だっこする。

「ああ、いけません、本当ならミオ様にするべきことを……」

「後でいくらでもするよ。ワルドヘルツが平和になったその後で！」

ギュインッ！

クロエと俺は夜の街を駆ける！

——【俊敏祈願】。

——【鋭敏】＋【亀の祝福】。

「とほ……とほほほ……ほほほほォォォォォォッ！」

キューンは俺とクロエのスピードに耐えきれずにとほほの声を漏らす。

馬で駆けるよりも十倍速い。

キューンを旧ワルドヘルツに連れていくミッション。

一人だと心許《こころもと》ないが、クロエと一緒なら、不思議と大丈夫な気がする。

俺はクロエの顔をちらりと見た。

クロエは好戦的な表情を浮かべた。

「どうした？　貴様のスピードはそんなものか？　我がキューンを抱えようか？」

「本気なわけあるものか」

俺とクロエはさらにスピードを上げる。

「ちょっとぉおおおおおおおおおおお！　内臓が破裂するうううううううう！」

キューンの悲痛な叫びを聞くと心が痛い。

そのとき。

「ギャアアアアアアアアアアアアアアアアアアアアアアッ」

【畏怖の獣】の四発目が上空を駆けのぼり、ワルドヘルツを襲う。

「くそ……早くしないと、アテネ・クーが倒れてしまう」

「異様です」

「どうしたのキューン」

「【畏怖の獣】の魔力量が異常なのです、これほどの魔力……すぐに尽きてしまうはず」

イザベルには何か魔力を増幅する方法があるのだろうか。

1

山岳の麓《ふもと》に着いた。

あまりのスピードにキューンはぐったりとしていた。一人じゃ立てないほどだ。

ここからはどこまで【畏怖の獣】に近づけるかだ。

山をぐるりと一周しているこの登山道の、どこまで行けるか。
俺は山岳を駆ける。しかし、何かが俺たちを阻んだ。
オークたちだ。
一匹や二匹じゃない。七匹も八匹もいる。
イザベルの研究所の道中で会った、テイムされたモンスターたち。
そして彼らはいずれもたいまつと鐘を持っていた。つまり夜警だ。
きっとその鐘を鳴らされたら、俺たちの居場所を悟られてしまう。
なるべく敵に気づかれずに山頂に近づきたい俺たちにとって、かなりの邪魔者だ。
オークたちが俺たちに気づく。
「クロエ！」
「ああ！」
——一閃《いっせん》。
クロエは流星になった。
それはファルマン領で見せた、神速の剣術。
俺の【亀の祝福】によりクロエの【鋭敏】はより威力を増す。
だからだ。
瞬きをしているその隙に、オークたちが皆、首を切られて死んでいたのは。
「……ふぅ」

月夜に流れる銀色の流星は、本当に美しかった。

「おい、リュック・ストレイジ。【俊敏祈願】を一枚寄越せ」

「どうして？」

「鐘を持つモンスターはもっと増えるハズだ。今のままでは追いつかん。しかしミオ殿の【俊敏祈願】を持てば、我の【鋭敏】と合わさって、もっと速くなれる」

クロエは【病気平癒祈願】の御守《おまも》りをそっと俺に渡した。

「待って！　クロエはこの御守りがないと、外界の空気では生きられないんじゃ」

「なぁに、猛毒でもあるまい、少し息苦しいくらいだ」

「でも」

クロエはくるりとこちらを向いた。

サイドテールを揺らしながら。

「それとも何か？　貴様が我に口づけで綺麗《きれい》な空気を分けてくれるとでも？」

「く、口づけ⁉」

俺はクロエの大胆な発言に、身を反らしてしまった。

「ふ、恐怖心は薄れたか？　顔が強張《こわば》っていたからな。迷っている暇はないぞ、リュック・ストレイジ」

「俺をからかったのか、なまいきだ」

かつては都市があったのだから当たり前だけど、道が舗装されていて歩きやすい。

傾斜はあれど、邪魔な岩などはない。

だからこそ、敵のたいまつはよく見えるし、向こうからもこちらがよく見える。

ん……真っ暗闇に何かが見える。

たいまつの灯《あか》りが六つ……いや七つか。

団体行動を得意とするゴブリンの夜警たちだ。

「いけるか、クロエ」

「もちろんだ」

俺は気絶したキューンをマントのように背中に乗せ、前かがみになりバランスをとっているので素早くは動けない。

だからここはクロエだけが頼りだ。しかし、それでも一体くらいは仕留めたい。

俺は直進し一番前のゴブリンの首に剣を突きつける。——一体撃破。

敵は急な襲撃に膠着《こうちゃく》する。

一方、クロエは宙に舞う。

クロエは敵陣のど真ん中にすとんと立ち、その場で一回転する。

敵のゴブリンは俺に意識を取られていたため、気づかなかった。

すでに銀色の女騎士に首を切られていることに。

クロエの刺突剣は赤く血塗られている。

チャキ。

クロエはハンカチで剣先に付着した血を拭うと、納刀した。その瞬間。

ブシャアアアアアアアア。

ゴブリンたちの首から血が噴き出た。ドス黒い血飛沫《ちしぶき》が月夜に舞った。

クロエの手際は見事だった。

しかし一つ問題があった。

たいまつを持っていないゴブリンが後ろに五体待機していたのである。

「な、何⁉」

ゴブリンはそもそも人間よりも鼻が利く。

真っ暗なほうが人間相手の夜警には都合がいいのだ。

しかし敢《あ》えてたいまつを持たせていたのは、きっと人間に仲間の数を誤認させるためだろう。

俺がゴブリンの首を大急ぎで切り裂いた。

しかし、もう遅かった。

チリーーーーーン……。

鐘の音。決して大きな音ではない。大きな音ではないのだけれど、身体に音が響き渡る。

「しまった……！」

このままじゃ、イザベルに存在を悟られてしまう。

俺たちは山頂から見て、なるべく死角になるように移動する。

だけど……そんなことは焼け石に水だったようだ。

「ゴルルルルッルルルッ……」

獣のむせかえるような嫌な臭い。

「ゴホッ、ゴホッ……」

クロエが咳《せ》き込《こ》む。外界の空気に身体が耐えられないのだろうか。

俺は再びクロエに【病気平癒祈願】の御守りを渡そうとした──そのとき。

覗《のぞ》きこんでくる。……巨大な双眸《そうぼう》が。

視界一面、目玉だ。

馬車ほどの大きさの目が二つ、こちらをぎょろりと見つめていた。

「な……ッ」

クロエは恐怖に怯《おび》え、口を押さえる。

こいつは……【畏怖の獣】だ。

ソレは鼻が目の上にあって、目の下に狼《おおかみ》の耳があった。

決してそういう異形ではなく、ベッドの下に隠れた子どもを、ベッドの上の人が逆さまになって覗きこむような体勢になっているからだろう。

こいつ……こんなに大きかったのか。

上から舌が垂れてきた。

長く細い、まるで触手のような舌。涎《よだれ》をたっぷりと含んだ不気味な舌。

相手に不快感を与えるためだけの邪悪な舌だ。

それが動けなくなったクロエの頬をぺじゅりと舐《な》める。

「ひっ……」

とっさに俺はその舌に飛び掛かる！

「うおおおおおおおおおおおおおおおおっ！」

――【攻撃祈願】！

グサァアアッ。

俺はその舌を、ロングソードで切り裂いた。

「ギャアア‼」

【畏怖の獣】はかつてない咆哮を上げる！　耳を押さえないと鼓膜が破れるほどだ。

攻撃してこないからだ、馬鹿が！

【畏怖の獣】は怒り狂って、身体に何かを溜《た》め込む。

バチバチ………バチバチ！

まずい……身体に電気を溜めている。

「クロエ！　ここから早く逃げるんだ！」

俺はクロエを呼ぶが、彼女は動けない。

汗が延々と流れ続け、その場でへたり込み、ただ目を見開いている。

恐怖に支配されたのだ！

クロエは今、生きることを……諦めている！

こんなものをくらったら俺もだが、【鋭敏】持ちのクロエは絶対に死んでしまう！

「クロエ！　立て！」

「リュック・ストレイジ……死ぬ前に言うことがある」

「立て！　立てよ！」

クロエは一向に立つ気配はない。

「ミオ殿に仕える騎士として……本当に不遜なことなのだが……」

クロエは俺の右手をそっと触る。

「我は、貴様のことが……」

「く、くそぉぉおおおおおおおおおおおおおッ！」

「す……」

もう逃げられない。俺はクロエを庇《かば》うように抱くしかなかった。

【畏怖の獣】から紫色の波動が押し寄せる！

――【En:Portals】！

急な浮遊感。

突然、俺たちは緑色の空間に飛び込んだ。

これは……キューンのスキル……【En:Portals】！

次の瞬間。たどり着いたのは、貴族街の噴水広場だった。

「ぜー……はー……」

俺はクロエを抱きかかえながら、動けない。

ここが安全な場所だと気づくのに、十数秒かかった。

「はぁはぁ……ご無事ですか？　リュック様、クロエ様」

「キューン……起きたんだ！」

キューンは俺に一言文句を言うと、俺の背中を優しくさする。

「目覚めたら、あんな修羅場で地獄に来たかと思いましたよ！」

「俺はいいんだ……ただクロエが、恐怖に支配された」

クロエはただ俺にしがみついて、顔を胸にうずめている。

恐怖に苛《さいな》まれると、身体が動かないだけではなく、恐怖から逃れるため、積極的に死に向かおうとする。

先ほど、クロエは死を受け入れようとしていた。

きっとこの状態を脱するのには、しばらく時間がかかるだろう。

俺はクロエの頭を撫《な》でる。

「よくやった、クロエ。この恐怖の源は必ず俺が消す」

「……不要だ」

「ん？」

クロエの声色は恐怖に冒されてなかった。普段どおりの声だ。

「…………恥ずかしさが恐怖を上回ったのだ。だから不要だ」

「はい？」

クロエは一向に顔をあげようとしない。

「もう死ぬと思ったから言ったのに……一生の不覚……死にたいよぉぉぉぉ」

2

「状況把握だ！　リュック・ストレイジ！」

クロエはいつもどおりを装うくらいの余裕ができた。

貴族街から今の戦況を把握する。

今ここにいるのは、俺とクロエとキューン。

そしてたくさんの貴族たちが馬車に乗って、ここから去ろうとしている。

旧ワルドヘルツの山岳が、ここからだとうっすら見える。

ああ。いる。しっかりいる。

のそのそと動く黒い動物がここからでも視認できた。

もうあれほどの大きさまで育ってしまっていたのか。

そして、さきほどまで戦っていたアテネ・クーも近くに見える。

彼女も彼女で雲にまで届くのでは、と一瞬思わせるほどの威容だった。

しかし、身体はボロボロで、息切れもしている。

彼女が倒れるのも時間の問題かもしれない。

他に確認しておくべきことはないか？

「キューンのポータルは、あの位置で大丈夫かな？」

キューンはハキハキと答えてみせた。

「あそこまで行けば奇襲も可能でしょう。クロエ様とリュック様のおかげです。しかし相手目線でも、私たちはあのポイントで消えているので、最短とはいえ同じ場所にポータルを敷くのは得策ではありません。裏をかいて、山岳の別の地点にポータルを敷けば、より効果的でしょう」

「そうだね、あとは彼女に協力を仰ぐことができればだけど……」

俺はアテネ・クーを見上げる。

彼女の姿をチエさんのユニークスキル【隠者】で隠してしまえば、かなり戦況は良くなるのではないだろうか。

行ける！

このとき。

「ギャアアアアアアアアアアアアアアアアアアアアアアッ」

今までアテネ・クーに向かっていた雷撃が今度は別の場所へ向かっていった。

雷撃はメアリーの住む教会裁判所の方角に向かって降り注いだ。

「あっ……」

アテネは走りだす。

しかし、建物に躓《つまず》き、転んでしまう。

ドォオオオオオオオオオオオオオオオオオオオオオオンッッ。

教会裁判所は一瞬のうちに消し飛ぶ。

もしあの中に人がいたら、間違いなく死亡しているだろう。

そして、もう一撃。

今度は、雷撃がつい先ほどまで守っていた王城に直撃した。

ミカド・ワルドヘルツが身を置いている王城に。

ガシャアアアアアアアアアアアアアアアアアアアアアン。

立派な王城は雷撃を受けると、一瞬のうちに粉々になり、その残骸が宙に舞う。

「あああああああああああ……っあっ」

アテネ・クーは俺の見上げたすぐそばで、泣きだしてしまう。

「教会裁判所と、王城が壊された……！　国王は？　メアリーは⁉」

俺の質問にキューンは冷静に答える。

「アテネ様が時間を稼いでくれました。避難は済んでいると思いたい……ですが」

キューンは地面に散乱した家具の中から石板を拾った。

【ON - Air】によって映像が映し出されている。

画面には凄惨な遠景の王都ワルドヘルツ。

貴族街中心に火事が起き、煙が立ち上る。

そしてイザベルの落ち着いた声。

「国民の皆様に謝らなければならないことがあります。メアリー・リーリエールの殺害は時間どおり実行することができました。一方、ミカド・ワルドヘルツの殺害は宣言より、三十分以上の遅れとなりました。約束は大事です。私は王になる者として覚悟が足りませんでした。……ですので罰を受けます」

罰？　何を言っているんだ？

イザベルが急に石板に映る。

そして天を仰ぐ。

「さぁ、【畏怖の獣】よ！　私に天罰を！」

「ギャアアアアアアアアアアアアアアアアアアアアアアアアッ」

次の瞬間！

畏怖の獣の雷はイザベルに直撃した!!

ピシャアアアンと鳴り響く音。

彼女の身体は真っ黒に焼け焦げていく。

「きゃあああああああああッッ」

この声はイザベルのものではなく、近くで見ていたマリアのものだ。

数秒後……その雷の中からイザベルが現れる。

彼女の身体は真っ黒になっている。しかし、高い魔法抵抗力のおかげか、あまりダメージを負ってはいない。

そして、焼け焦げてスカスカになった帽子を取り、頭を下げる。

「今後はこのような失態がないよう努力します」

俺は開いた口が塞がらない。

「おかしい！　自分のことを本当に、良い王になれると思っているんだ。こんなにも国民を恐怖の底に叩き落としておいて……！」

早く、アテネ・クーに……作戦を伝えないと。

しかし、俺とアテネには接点はない。どう話すべきか。

そのとき、パカラパカラと馬の蹄《ひづめ》の音が聞こえた。

「リュック。ここにいたのですね」

「ぐふふふ……リュックたま、ボロボロ……」

「君たちは！」

質素な馬車に乗って現れたのは、ローブに覆われたメアリーとチエさんだ。

「メアリー、生きていたのか！」

メアリーはしーっと人差し指を立てる。

「今イザベルは広域感知魔法によって人の場所を把握しているのです」

「え⁉　広域感知って……イザベルと俺たちがどれだけ離れていると思っているんだ⁉」

「異常な魔力なのです……余やマリアお姉様よりも何百倍も、何千倍も遠くのモノを把握でき……そして的確なのです！　きっとマリアお姉様は広域感知の範囲外からの襲撃を受けて、負けてしまったのです」

メアリーの肩が震える。

「この異常な魔力……イザベルのユニークスキルに関係しているのかな……」

「しかし、余はそれを逆手にとって、ある方法で自分の死を誤認させ、チエのスキルでここまで逃げてきたのです」

「ある方法って？」

「簡単に言うと、余に似た人形を作って……それは今はいいのです！」

メアリーは、馬車から降り、突然俺の手を握る。

「リュックこそ、ご無事で、なのです……余はアテネお姉様の回復に来たのですよ」

「メアリーも危険なのに大丈夫？」

「大丈夫じゃないのは、リュックたちなのです、念のために隠れていて欲しいのです」

俺たちはメアリーの言うとおりに、建物の陰に隠れる。

メアリーはアテネに近づくと何度も名前を呼んだ。

「アテネお姉様！　アテネお姉様！」

アテネはメアリーに気づく。

生きていることに驚き、そして冷たい目線を送った。

「メアリー、無事だったの！　で……なにしに来たの」

「皆を護《まも》ってくれてありがとうなのです。回復をするから待っていて欲しいのですよ、よく見たら足が骨折しているのです、本当にお疲れ様なのですよ」

「回復はいらない。嫌なことがあったから、むしろ痛いのが心地いいくらい」

「嫌なことがあって自罰的になるのは良くないのです」

「いいから放っておいてよ。アンタには王子様がいるんでしょ」

そもそもアテネ・クーには冷たい印象を持っていたが、メアリーに対しては特段冷たかった。

メアリーは首を傾《かし》げる。

「待ち人が来なかったのがそんなに悲しいのですか？　……だったら、余が探してみせるのです。カニを渡してくれた以外の情報が知りたいのです」

アテネ・クーはメアリーと顔すら合わせない。

「だからいいってば！　私は王都を護るので忙しいの」

アテネが立ち上がろうとしたその瞬間。

――【紫雷光線】。

今まで降り注いでいたハズの雷が、今度は空を経由することなく、最短距離で飛んできた。

魔法の世界ではこういうのをビームと呼ぶらしい。

ギュィイイイイイイイイイイイイイイイインッ。

独特な音と共に撃ち込まれたビームは、アテネの右肩を焼き尽くした。

「がっはぁぁぁあああああああああああっっ！」

「アテネお姉様ぁ！」

そしてビームはアテネ・クーを貫き、今まで守っていた王城にも直撃した。

ドォオオオオオオオオオオオン。

「あ――あああ……あああ」

アテネ・クーの悲痛な声。右肩を押さえていた左手を王城に伸ばす。

王城は消し炭だ。紙を火で燃やしたように、一瞬で黒ずんでいく。

中に人がいたら、生きているはずもない。

アテネは血まみれの左手を、ただ差し伸ばし……その場で転がりこんだ。

そしてアテネの【GIGANT】の効果は切れて、元のサイズに戻ってしまった。

アテネはその場に倒れ、痛々しい姿を晒《さら》した。

「なんで、私、こんなスキルに生まれた……のかなぁ……。別に私何かを護りたいとか、そんなかっこいいこと思ってない……でも、これ持ってて皆を護らなかったら……苦しいじゃん……」

アテネはその場で、泣きじゃくる。

替えの利かない才能故の苦難。きっと彼女はこの能力のせいで数々のプレッシャーに苛まれてきたのだろう。

俺はその言葉を聞いて、つい彼女に向かって駆けだした。それを見てキューンが驚く。

「あ、リュック様！」

立場も、階級も全部無視して本能で動いた。

そして、倒れる彼女を抱えこんだ。

「……あなたは！」

アテネ・クーの目は潤んでいる。

「アテネ様……あなたが街を護ってくれている間に、俺たちは【畏怖の獣】を倒すきっかけが作れました、大戦果です！」

「大戦果……？　私、君の役に立てたの……？」

アテネの狼耳はぴょんぴょこと跳ねている。

「俺だけじゃありません、この国全ての人間の役に立ちました」

アテネは俺の胸を何度も叩く。

ガンッガンッ。

「……？　何ですか？」

アテネは黙って俺の胸を叩いた。

そして俺の顔を見ずに、言った。

「メアリーの花婿なら言ってよ」

「ごほっっ！」

鳩尾《みぞおち》にいいのが入った！

「はは……いい気味」

アテネはわざとらしく笑うと、そのまま静かに気絶してしまった。

俺とアテネ……どこかで接点があっただろうか。

俺が不思議に思っていると、背後からメアリーが駆けだした。

「このままでは死んでしまうのです！　アテネお姉様を至急回復するのです、チエ！　合同治癒魔法なのです」

「ぐふふ……合同魔法好き……友達みたいで」

二人はアテネの回復に専念する。

メアリーとアテネはもう動けない。

……命の危険はないそうだが、安心している場合じゃない。

次の予告まで……残り二十分くらいか。公約どおりならイザベルにマリアは殺される。

今動ける戦力は、キューン、クロエ、そして俺の三人だ。

ふと山岳を見る。

すると、【畏怖の獣】の姿がはっきりと見えた。さらに大きくなっていたのだ。

この短時間に一体どれほどの恐怖を吸収したのだろうか……。

二つの真ん丸の目が……俺を見た。

きっと、舌を切られた恨みを覚えているのだろう。

「ヒッ！」

クロエは、身体を震わせている。

「く……やっぱりまだ恐怖から逃れられていないか。キューン、宿で待っているアリシアとミオを呼んで欲しいんだ」

「アリシア様はわかりますが、どうしてミオ様を!?」

「今から【畏怖の獣】用のバッグを編成する！　たとえば【耐性祈願：雷】をたくさん入れておけば、攻撃に耐えることができると思うんだ。アリシアと俺なら耐えられる！」

「わかりました……【最強騎士団】で【畏怖の獣】を倒すのですね」

「ふふ……【最強騎士団】か」

クロエの付けたパーティー名は、深刻な状況で聞いても少し笑えてくる。

「そう、俺たちは【最強騎士団】。最強だ」

3

アリシアとミオが合流し、俺たち【最強騎士団】は再び一堂に会した。

「私……戦いたい」

アリシアは胸につけられた傷跡に包帯の上からそっと触れた。

「御守り作りには素材が必要だけど、お店にいっぱい在庫があるから、そこからならリュックくんの欲しい御守りを用意できると思う」

ミオは店の方角に身体を向けた。

キューンが提案する。

「私の【En:Portals】でこの貴族街の噴水広場を起点にして、ポータルを二つ敷きます。一つは旧ワルドヘルツに、そしてもう一つは九重ノ御守屋《ここのえおまもりや》・二号店にです。そうすればリュック様はスムーズに戦闘を開始できるでしょう」

俺はクロエの背中をさすりながら、言う。

「クロエは休んでいるんだ。よくやった」

「くっ……」

クロエは今の自分が戦力にならないことを認め、歯を噛《か》み締《し》めた。

4

ミオの店に行き、御守りの構成を大きく変えた。

持つのは【攻撃祈願】【俊敏祈願】【耐性祈願：雷】の三種類だけ。尖《とが》った構成の、対

【畏怖の獣】用のバッグだ。

【防御祈願】は一枚も入れてない。ということは爪での攻撃一つでも当たればお陀仏《だぶつ》だ。

「危険すぎるよ、リュックくん！」

「大丈夫、【俊敏祈願】があれば当たらないから」

俺はミオの御守りの中でも【俊敏祈願】が特別好きだ。

空を駆ける感覚は気持ちいいし、何より実用的だ。

「旧ワルドヘルツに行くのは俺とアリシアと、緊急回避用のキューンだね」

キューンとアリシアは頷《うなず》く。

「さぁ行くよ！」

――【En:Potals】。

降り立つは、旧ワルドヘルツへ続く山道。

イザベルが自らに落とした雷のせいで辺りの木は燃え盛っている。

「げほっ……えらく焦げ臭く……獣臭いですね」

キューンは鼻と口を手で押さえる。

「【畏怖の獣】が育ちきってしまったんだ」

「……滾《たぎ》る」

アリシアは武者震いをしながら、山岳を駆ける。

「ギャォォォオオオオオ……」

耳を舐められたかのような不快なうめき声。

……この声は【畏怖の獣】！

上を見上げたら、【畏怖の獣】がこちらを覗きこんでいた。

一瞬、満月が二つあるのかと思った。

しかし違う。夜空だと思っていたものは、そいつの身体で、月は眼球だった。

そして獣は口を開ける。

その中の切断された舌を俺たちに見せつけたのだ。

バチャ。バチャ。バチャ。

その先から大量の血がこぼれ落ちてくる。

きっと、こいつは俺を待っていたのだ。

そして俺もこいつを待っていた。

――俺は跳ぶ。

「旦那様……！」

「リュック様ぁ！」

――【俊敏祈願】！

――【攻撃祈願】！

グシャアアアアアアアアアアアアアッ。

俺は【畏怖の獣】の口の中に入って……そして、脳を目掛けて剣を突き出した。

「うおおおおおおおおおおおおおおおおおおおッ」

「ギャアアアアアアアアアアアアアアアアアア」

俺の叫び声と獣の叫び声が共鳴する。

【畏怖の獣】の肉体はこれほど【攻撃祈願】を積んでいても——あまり傷つかず——正直まいった——肉体の内側に剣が通らないなんて——どれだけ強いんだ——何だ？

バツンッ！

俺の耳の中を温かいものが流れた。

何だ？

……あ、血だ。

鼓膜が破れたんだ。周りの音は何一つ聞こえない。

いや、聞こえないわけではない。でも、キィィンという耳鳴りが頭に響くばかりで、聴覚が機能しない状態になっていた。

しまった。

アリシアとキューンと……意思疎通ができない。

はは……二人ともごめん。

「二人とも逃げて！　俺一人で戦うよ！」

そう叫んだと思う。しかし、返事はわからない。

早速大ピンチだけど、それでいい。獣の気持ち悪い声を聞かなくて済むのなら。

脳まで切り裂けないと判断した俺は、一度口から飛び出た。

【畏怖の獣】は痛みに悶《もだ》えていたようだ。

陸に上げられた魚のように、何度も身体を地面に打ち付けている。ざまぁみろ。

俺は、【畏怖の獣】の身体を登って、山の頂上までたどり着く。

まずは第二王女マリアの救出。

キューンを連れてこられれば良かったのだが、はぐれてしまったし、俺も耳が聞こえない。

あ。見つけた。

……第二王女マリアだ。木に括《くく》り付《つ》けられながら、ただ虚《うつ》ろな目で前を見ている。

「助けに来ました……って、ん？」

俺の伸ばす手は何かに阻まれた。

「これは……【光の障壁《バリアー》】か⁉」

透明の障壁を出し、あらゆる攻撃を防ぐバリアー。

【慧眼《けいがん》の黒獅子《くろしし》】時代、魔法使いのレプティルが得意としていた魔法だ。

俺はロングソードで何度も斬りつける！

しかし、壊れる気配は一向にない。

「イザベルの魔法か⁉　こんなに固いバリアーありえるのか⁉」

きっとマリアを【畏怖の獣】の攻撃から守るために作られたバリアーだ。

バリアーの破壊に手間取っていると、山林に燃える炎に照らされた何かの影が俺を覆う。

「……？」

後ろを向くと、そこにあった。

巨大な目が。赤く充血し、涙を流す、【畏怖の獣】の目が。

「しつこいな！」

――【攻撃祈願】。

――【俊敏祈願】。

俺は【畏怖の獣】に向かって、剣を振るった。

右腕の爪に当たる。しかし……割れやしない。

こいつ……防御力どうなっているんだ！

獣の身体は育ちきっている。俺の敵《かな》わないレベルまで。

向こうは【雷鳴】を撃つ！

奴《やつ》の口の中から、ビームが飛び出した。

俺の胸に向かって雷の回路が繋がった。

一瞬光る。しかし。

――【耐性祈願：雷】。

「ぐうっ……！」

さすがのミオの御守りでも、ここまで膨れ上がった【畏怖の獣】の雷に耐えられない！
痺《しび》れる身体を無理やり起こして、再び剣を握った。
これを何度もくらったら無事じゃすまない。
さらに相手の爪での攻撃が当たれば、たとえ一撃でも絶命必至だ。
くそ。
もっと……もっと俺が強ければ。

第八章　安っぽい奇跡

《Another View: ミオ・ココノエ》

リュックくんはいつも、いつも頑張っている。
今もこうして、あの山奥で、化け物と戦っているんだ。私の御守《おまも》りを信頼して。
クロエちゃんと私はこの貴族街で、ただ、ただリュックくんの帰りを待っている。
両手を合わせて無事を祈るのみ。【御守り作り】にはそれしかできないのだ。

「頼む……頼む勝ってくれ！」

混乱の中でそんな声が聞こえた。
二人組の男性の声だ。石板にかじりついて観《み》ている。何かを期待しているようだ。
「いけ！　いけよ！　頑張れ！　御守り持ち！」
御守り持ち？　あ……リュックくんのことか。
リュックくんがマリア様の前で戦っているんだ。
リュックくんのバッグには【攻撃祈願】の御守りが吊《つ》るされている。
御守りを持っている【荷物持ち】だから、御守り持ちなのだ。

私は、その二人組の会話になんとなく耳を傾けてみた。

「なぁ、御守りって強いのかな」

「そんなわけないだろ。初心者御用達《ごようたし》だって、しかも罠《わな》」

「でもさ、こんな強い奴《やつ》が付けてるんだったらさ、何か隠れた能力あるかもじゃん」

「そうかなー……俺も御守りの全てを知ってるわけじゃないけどさぁ」

「別になくてもいいよ、でもなんか、良いじゃん御守りって」

「何がだよ」

「持って握ってるだけでさ、なんか勇気出てくるじゃん」

「ロマンチストだねぇ、お前は」

「昔旅立ちのときにお母さんに持たされたんだよな」

「あるある。恥ずかしいよなアレ」

「でもさ、今思うと俺の無事を祈ってくれてたんだよなアレ。強いかはわからねえけど、『願い』が込められてはいるじゃん」

「なんだよ、捨てたのちょっと心痛むじゃん、やめろよ」

私は夢中になって彼らの話を聞いていた。

そのとき、キューンちゃんの敷いたポータルから、誰かが現れた。

「はぁはぁはぁ……何してるの？　ミオちゃん！」

現れたのは膝に手をつくシュシュさんだった。

「しゅ……シュシュさん⁉」

「はぁ……店の前に変な扉があると思ったら……ミオちゃん何ボサッとしてるの！」

「え？　どうしました？」

「客が御守りが欲しいって殺到しているのよ！」

「え……？　どうして？」

「リュックが、戦っている姿を見て、欲しくなってるのよ！」

「こ、こんなときに店に人が来るんですか⁉」

「被害は貴族街に固まってるでしょ？　平民街には多少余裕があるの！　皆、リュックから勇気をもらいたくて、御守りを買いに来てるのよ！　売り子に来て！　クロエちゃんも！」

「えええええええええええええ」

私たちは連れていかれるままに、ポータルに入っていった。

ポータルを出ると、店の前は人間の海になっていた。

風俗街が人で溢《あふ》れかえっている。

「なんというか……壮観だな」

クロエちゃんの口は開きっぱなしだ。

「こんなときに商売やらないで何が商売人なのよ！　売るよ！」

「えー……あー、はい！」

私は困惑したけど、勢いに押されて御守りを売ることにした。

どうせ私にできることはもうない。これで皆の不安が掻《か》き消えるのならば、それもいいのかもしれない。

店に置いてある石板にふと目を向ける。

石板の中でリュックくんはずっと戦っている。

一方私は御守りを売っている。

いいのかな。こんなときに商売をしていて。

「ありがとうね」

「え？」

突然、お客様のおばあちゃんに手を握られた。頼りない小さな手だ。

「不安……不安なんじゃ、物に頼るしかないんだよ、ウチみたいな年寄りはね。息子が貴族街に住んでいてね、今戦ってる男の子が御守りをつけているのを見てね……これを持っていると勇気をもらえる気がしたんだよ」

おばあちゃんの【開運祈願】を握る手が震えている。

【開運祈願】は勇気が出てくる御守りではない。遠くの人を守る御守りでもない。

変な効果を期待してもらっても悪いから、この事実は伝えないといけない。

口を開きかけたそのとき。

あ……。

私は昔のことを思い出した。

お父さんが作ってくれた御守り屋さんのこと。

──さぁ、お嬢さん、ここは不思議な力を持つ御守りを扱う「九重《ここのえ》ノ御守屋《おまもりや》」だよ、お友達ができる御守りや、勇気の出てくる御守りもあるんだよ。

そんな御守りはない。お父さんは嘘《うそ》をついていた。

そして次にシュシュさんの言葉を思い出した。

──自信持てって、アンタの態度が商品価値を上げるんだ。

私の中に熱い何かがこみ上げる。

あのときのお父さんってこうだったんだ。

私はおばあちゃんの手を両手で握り返す。

「その御守りに願ってください。息子さんの無事を。その願いはきっと届きます」

皆、こんな不安の中で何かに縋《すが》りたいんだ。

今私ができること、それは励ますこと。

昔お父さんにつかれた嘘を。今私がついている。

親子だね。私たち。

私は一度外に出る。御守りを受け取ってくれたお客様に言いたいことがあるからだ。

不安そうなお客様たちがこちらに振り向く。

「皆さん！　自分を……自分の大切な人の無事を祈ってください！　神様は必ず、気持ちに応えてくれます！」

私の言葉を聞いて、みんなは御守りを握り……そして祈った。

ふと、お客様の誰かが言った。

「……ありがとう、楽になった。少し、ほんの少しだけ、あの化け物が怖くなくなったよ」

戦力を持たない私たちは、祈るしかない。

私の御守りが祈りの助力になるのなら本望だ。

自分が。自分の大切な人が無事でありますように。

その祈りは近隣の人にも波及し……波紋のように少しずつ、少しずつ広がっていく。

雷撃の轟音《ごうおん》が響く大都市の傍らで。


いろんな人に手伝ってもらって、お店の御守りは完売した。

「ふぅ～売った売ったぁ。あ、お礼はメシおごってくれたらいいから！」

シュシュさんはやり遂げた顔をしている。

そしてシュシュさんはクロエちゃんの肩を叩《たた》く。

「クロエちゃんやるねぇ、速攻売り子！　おかげで人混みが減ったわぁ」

「そ、そんなに嬉《うれ》しくはないぞ！」

クロエちゃんは腰に手を当てて、身を反らしている。ずいぶんと嬉しそうだ。

このとき。私の身体《からだ》から何かがふつふつと湧いてきた。

これは感情じゃない、何かの力だ。

「あれ……？」

「どうしたミオ殿？」

「ちょっと工房で御守り作るね！」

この感覚は一度味わったことがある。これは確か――。

私は工房に移動し、頭に浮かんだそれを行動に移した。

余った素材を――鉢に入れて――かき混ぜる。

できたそれを見て、間違いないと確信した。

《生成完成……【剛撃《ごうげき》祈願】×5：モンスターから生成された御守り。ランクB。重量20。攻撃力を大きく上げる》

《生成完成……【鉄壁祈願】×5：モンスターから生成された御守り。ランクB。重量20。防御力を大きく上げる》

《生成完成……【神速祈願】×5：モンスターから生成された御守り。ランクB。重量20。速度を大きく上げる》

「あッ……あああ……」

私は一度もこんな御守りを見たことなかった。

変な声が出た。私の胸の奥は高揚感でいっぱいになっていく。

なんてことなの。

私は各々の御守りの完全上位互換を作れてしまった。

一体どうして⁉

「ミオちゃん……ユニークスキルが覚醒したんじゃない⁉」

疑問に答えてくれたのは、私の様子を見に来たシュシュさんだった。

「覚醒？　……あ！」

私は、以前ロッテさんが言っていたあの言葉を思い出した。

——きっと御守りは作ることじゃなくて、誰かに持ってもらうことで成長するスキルだったんじゃない？

そうだ。今私の御守りは、多くの人の手に取ってもらっている。

「えぐ……ぅぐ……」

胸にこみ上げた何かが、止まらなかった。

「リュックの安否が心配で震えていたと思ってたけど、心配無用だったようね」

シュシュさんはバタンとドアを閉めて外に出る。

私はそれを気に留める余裕もなく、泣きながら鉢に素材を入れて混ぜた。

【御守り作り】というユニークスキルは、大器晩成型のくせして、皆に使われないと成長しない、厄介なスキルだったということなのかもしれない。

――【御守り作り Lv.3】。

作る。

《生成完成……【無効祈願：毒】×5：モンスターから生成された御守り。ランクA。重量20。毒の効果を完全に無効にする》

《生成完成……【無効祈願：雷】×5：モンスターから生成された御守り。ランクA。重量20。雷の攻撃を完全に無効にする》

《生成完成……【無効祈願：呪い】×5：モンスターから生成された御守り。ランクA。重量20。呪いの効果を完全に無効にする》

無効祈願……⁉

もしかして、これ一枚で属性攻撃は全て無効にできるってこと⁉

空いていたバッグに御守りを詰め込む。

「うぐっ……うぐっ……っ」

涙で視界がぼやけて仕方ない。

土竜蜘蛛《もぐらぐも》の洞窟で会ったリュックくん。

何度も何度も命を救ってくれて、何度も何度も御守りの強さを証明してくれて。

そして今日、私の【御守り作り】の力が覚醒した……。

私は思い出す。お父さんが御守りを作ってくれたその日を。

――御守りは、すごく強いんだぞ。

お父さんのついたあの嘘は、実は本当だったかもしれないよ。

そう思うと、涙が溢れて止まらなくなった。

「えう……うええ……」

私、あの日に君と出会ってなかったら、どうなっていたんだろう。

きっと土竜蜘蛛の洞窟の中で死んでいた。

生き残っても、ずっと理想と現実の差で苦しんでいたに違いない。

「えぐっ……ああああ……あ……っ」

泣きすぎて、嗚咽《おえつ》が止まらなくて、息が止まって死んでしまいそうだった。

「ミオ殿！　ミオ殿！　大丈夫か？」

クロエちゃんが私の背中をさする。今度はクロエちゃんが心配しに来てくれた。

私は……クロエちゃんに支えられ、立ち上がった。

「……クロエちゃん、大丈夫……このバッグをリュックくんに届けなきゃ」

「……そのバッグ？　中に何が入っているのだ？」

土竜蜘蛛の洞窟でリュックくんと出会って。

たくさん助けてもらって、たくさん支えられてきて。

皆とお店を開けるようになって、そして幸運にもお客様に恵まれて——。

「奇跡」

「え？」

「このバッグにはね……奇跡が入っているの」

その奇跡が何十個も入っているのだから。なんだか安っぽいけどね。

1

キューンちゃんのポータルに入って貴族街の噴水広場に出る。

そこではキューンちゃんとアリシアちゃんが息を切らしていた。

「どうしたの？　二人とも戦ってるんじゃないの？」

私の疑問に答えたのはキューンちゃんだった。

「ダメです……あまりにも雷が強すぎるのです……私にはこれが限界で……」

うなだれるキューンちゃんの傍らで、アリシアちゃんは長い棒を見つめている。手に持っているその黒い棒はなんだろう。

「私は平気……でも、ハルバードが耐えてくれない」

「それ武器だったの⁉」

「お姉様の武器でも攻撃に耐えられないのか⁉　最高硬度を誇る赤オリハルコンでも⁉」

クロエちゃんは驚いていた。

「今……そんな相手とリュックくんは戦っているの？」

山岳を見つめる。紫色に何度も光る。

そしてひと際、紫色に輝いたそのとき――。

バタンッ。

リュックくんが【En:Portals《ポータルズ》】から現れた！

「はー……はー……」

息を切らしていた。

それだけじゃない。殺気が漂っていた。傷もたくさんついていた。枝でついた切り傷もたくさんあった。爪の先がかすった跡もあった。

リュックくんの身体には死闘の跡がたくさんあった。

きっと激戦から一時避難するためにキューンちゃんの扉をくぐったんだ。

「リュックくん！　……【防御祈願】は入れてないの？」

「は――……は――……」

私に気づいていない？

耳の血に気づく。そうだ……鼓膜が破れているんだ。

私がリュックくんの肩に手を添える。

「……ミィ……オォ？」

さすがに私に気づいたらしい。

リュックくんの声は、ひどく掠《かす》れている。

「新しい御守りできたよ」

私はリュックくんに【剛撃祈願】を差し出した。

それを手に取る。まじまじと見る。しかし彼は状況を把握できていない。

リュックくんは、教えを乞うように私の顔を見た。

私はリュックくんに新しいバッグを差し出した。バッグには【剛撃祈願】が一枚吊るされている。

リュックくんはようやく新作ができたことを把握した。

笑顔だ。本当に眩《まぶ》しい笑顔。

私を何度も喜ばせた、勇気の出る笑顔だ。

「最強の御守り、できたよ。だから……リュックくん……頑張って」

「頑張って」は悪いかな……もうすでに頑張っているし。それに耳聞こえてないみたいだし。

でもこの激励の気持ちを、なんとか伝えないと。

ここから先は蛇足だったかもしれない。

本当に勝手なことだけれど、私は、メアリーちゃんがリュックくんにしたように。

跪《ひざまず》く——。

リュックくんの顎に両手をスッと添えて――。

唇を奪ってみせた。

そっとじゃない。……結構した。

舌同士が触れてたかも。いや、触れたね。触れました。

自分でも結構大胆だったと思う。

周りの皆の反応なんて知らない。確認したら死にたくなるから。

リュックくん、急にキスされて引いたかな。

でも、リュックくんは私のおっぱいとかすごく見てくるし、大丈夫だよね？

いや、さすがにキスは別かぁ。

でも許してね。……一応私たち……偽装カップルだし、覚悟の上だよね？

ううん……言い訳が苦しいなぁ。

あ、そうだ！

この前、キューンちゃんが「おだんご食べたかったら、リュックくんとのキスを見せろ」って言ってたね。

そうだそうしよう。

今キスをしているのは、おだんごが食べたいから…………じゃダメ？

実は、リュックくんがメアリーちゃんにキスされたとき、すっごく悔しかった。

リュックくんって作戦のために「キス」を許しちゃう人なんだって。

子どもに嫉妬していると思われたくないから黙っていたけど……。
あんなにムカムカしたのは初めてで。
リュックくんが御守りの強さを証明してくれるだけで私は満足だったはずなのに。
いつのまにかリュックくんすらも欲しがっていた。
私って欲深いなぁ。嫌になる。
……ああ、やだなぁ。自分がこんなに独占欲が強いだなんて。
「ぷは」
口を離すと。リュックくんは顔を真っ赤にしていた。
あ、やった。メアリーちゃんのときより照れてる気がする。
って……喜ぶとこそこなんだ、私。
聞こえないことを承知で言ってのけた。
「リュックくん。大好きだよ。……だから勝って」
リュックくんは自分の唇に指を添えながら、こくんと頷《うなず》いた。

2

《View：リュック・ストレイジ》
キューンのポータルに入って、再び旧ワルドヘルツへと続く山岳に戻る。

俺は浮かれていた。
え……ミオにキスされた！　された！　うわーされた！
怖さなんて全部忘れて、心臓が恋の祭りの鼓動を刻んでいた。
ドンドンドンッと心臓が鳴り響く。
あれ何？　告白かな！　世界の脅威、ラスボスの波動、強化イベント。そして告白⁉
うれしい！　うれしい‼
浮き足立って走りだす。俺も帰ったらミオに告白しようかな。
え、でもこれ勘違いだったらどうしよう。
たまたまミオが転んで、キスしたとかだったらどうしよう。
ミオのように美人な子にキスされるだなんて、そんな上手《うま》い話もないだろう。
ミオの気持ちがまだわからない！
あのとき、なんて言ったんだろう。鼓膜が破れたのが恨めしい。
――【神速祈願】20枚。
俺は山岳を駆け上がる。
そして黒い獣を見つけた。山と見間違うほどの巨体。
しかし前見たときに比べて、身体は一回りほど小さくなっていた。
どうしてだろう。恐怖の対象になればなるほど、身体が大きくなるはずなのに。
まぁいい。弱くなったのなら好都合だ。

どうせ言葉なんて聞こえないと思って、俺は大声で叫んだ。

「お前のせいで、ミオの気持ちがわからなかっただろ‼」

――【剛撃祈願】30枚。

一閃《いっせん》！

俺はロングソードで、黒い獣の姿を切ろうとするが、その刃が身体にたどり着く前に、

血が勢いよく噴出した。

「え？」

もしかしてだけど、これは、剣の風圧で身体を切り裂いたってことか？

前足首を切られた【畏怖の獣】は天を仰いで叫ぶ。だが咆哮《ほうこう》は俺には聞こえない。

その獣は電気を纏《まと》い、まばゆく輝く。その光は大きな巨体をすっぽりと隠しきってしまった。

「これ……今までで一番大きな電撃が来るぞ！」

ミオの御守りを信じるしかない！

河川よりも幅がある雷撃が俺を襲う！

一瞬にして身体に雷撃が走る。何度も、何度も俺を襲う。

一分間以上、俺を襲う。しかし効かない。

――【無効祈願：雷】1枚。

【畏怖の獣】はさすがに驚いた様子で、全ての毛が逆立っていた。

今度は俺に爪の攻撃をくらわせた。

爪は教会の塔よりも大きい。しかし。

──【鉄壁祈願】30枚。

そいつの爪はパキリと折れた。

獣は俺に爪での攻撃が効かないことを確認すると……それは顔を歪《ゆが》ませ、俺から逃げだした！

焦燥感、恐怖感、無力感。いろいろな感情に駆り立てられ、その想《おも》いを逃げ足に全てつぎ込む。

ワルドヘルツ方面ではない。もっと、もっと別の遠い場所だ。

「させるか！」

俺は全速力で走りだす！

遠くなった【畏怖の獣】に、俺は一瞬で追いついた。

「ハアアアアアアアアアアアアアアアアアッ！」

俺は走り──懐に潜り込み、脳に向かって一直線に、飛び掛かる。

──【神速祈願】20枚。

──【剛撃祈願】30枚。

ズボボッとやすやすと剣が身体を切り裂いていく！

生温かい空気が肺を満たす。【畏怖の獣】の身体の中に入っていったのだろう。

俺の攻撃は、ミオの好物のおだんごの串のごとく、獣の身体を貫いた。

そして、その串は獣の身を貫通し……そのまま宙に出る。

「ぷはぁ！」

目の前には満月が浮かんでいた。

綺麗《きれい》だ。……その景色に潜りこむ、いくつもの肉片。

下をふと見てみると、【畏怖の獣】の頭は内側から爆発したかのように裂けきっており、逃げるつもりだったろう【畏怖の獣】はそのままバランスを崩し、山岳から落ちていった。

空気が震えた。俺には聞こえないが轟音も鳴っただろう。

砂塵《さじん》が空まで舞い上がる。

きっと【畏怖の獣】の死骸が、麓にたどり着いたのだろう。

俺はまだ空中に浮いている自分に少し引いた。ものすごい跳躍力だったからだ。

「……ミオの御守り、強すぎないか」

エピローグ

大混乱からはや三日。

久々に発行されたワルドヘルツの新聞は、過去最高部数を記録したらしい。

それもそのハズだ。一面記事を見ただけでそれはわかる。

＋＋＋

一面記事を飾ったのは王ミカド・ワルドヘルツの死亡。

アテネ・クーは王を守りきることはできなかった。

王の死にたくさんの人が悲しんだ。


二面記事は、第一王女イザベルを批判する記事。そして彼女の謎と行方について。

結局イザベルの行方はわからなくなっていた。

あの騒ぎの後、旧ワルドヘルツに調査が入ったようだ。

森の中から数多くの箱が見つかったらしい。中身は……子どもだ。彼らは目隠しをされただけで外傷はなく、なぜ旧ワルドヘルツに連れ去られたのかはわからない。きっとカネモチの人身売買やイザベルのユニークスキルにも関わっているだろう。

三面記事は、第二王女マリア、第三王女アテネ、第四王女メアリーの生存報告。

彼女たちはいずれも治療を完了したそうだ。俺は胸を撫《な》でおろす。

四面記事は、第三王女アテネへの批判だった。

冒険者ギルド総司令で最大戦力でもある彼女は、第二王女のマリアへの襲撃を許し、王を守ることのできなかった弱き王女と身勝手な批判がされていた。

彼女には、国王やマリアとの確執があったのではないかと書かれている。

五面記事は……御守《おまも》りについてだ。

「御守りには何か不思議なパワーがある⁉　大金持ちになって彼女もできる？」

マリア様の視界に映った御守りを持つ謎のバッグの青年とは⁉

＋＋＋

ビリビリビリッ！

その新聞を破り捨てたのはクロエだった。

「何だこの身勝手な記事は⁉」

平民街の宿屋の中で、クロエはビリビリに破いた破片を何度も踏みつけた。

「アテネ・クーへの書かれようも不愉快だが、【最強騎士団】の活躍がどこにも書かれてないじゃないか！」

「【畏怖の獣】は暴れたのちに落下死したって記録みたいだね。でも御守りのことが書かれているしいいじゃん」

「納得などできるものかー！」

クロエは新聞紙を刺突剣で何度も何度も突き刺した。

俺も読みたかったのに。

クロエに先に新聞を読ませてはいけないな。俺はそう思った。

「……さ、今日もお店を開くよ。行くよ、クロエ、皆」

結局ワルドヘルツの被害は貴族街のみに止《とど》まった。

平民街や、城下町にはほぼ被害はなかった。

皆は案外平静で、今日あたりから営業再開するお店が多いようだ。

その場にいたクロエとキューンと共に、俺はミオのお店に向かう。

アリシアは入院中。そして後日裁判が待っている。……というのはいいのだが。

ここ数日ミオにも会っていない。

数日前のキスが原因でミオに避けられたかもしれない。俺の前にずっと姿を見せない。

何で⁉

不安になる。結局あれはなんだったんだろう。


——ブツン。

街に行く途中でマリアの【ON《オン》‐Air《エアー》】が発動していた。

広場に置いてある大きい石板からマリアの声が聞こえた。

視界には何も映っていない。真っ暗だ。

きっとマリアは目を閉じてしまっているのだろう。

いや、もしかして、イザベルの襲撃で視力を失っているのだろうか。

「皆様、こんにちは。第二王女のマリア・クロウウェルです。先日は混乱を招き、大変申し訳ありませんでした。……そしてお父様のことを伝えねばなりません」

マリアはミカド・ワルドヘルツへの弔いの言葉を延々と述べている。

ぼんやりと聞いていると、彼女は衝撃的な発言をした。

「これを見てください」

ん？

石板に現れたのは一枚の不自然なほど白い、大きな石板の映像。

胸を撫でおろす。マリアが視力を失ったという予想は、杞憂《きゆう》だったようだ。

「これはワルドヘルツ家に代々伝わる王の石板です」

サラサラサラサラ。

そこには現在進行形で何かが書かれている。

ペンじゃない。緑色に光る魔法で描かれた文字だ。

「これはお父様が今書かれている遺書です」

「は？」

死後に書き残す遺書ってなんだよ。

「これは【Message《メッセージ》】。……かつて権力争いで問題視され、大波乱を巻き起こしたお父様のユニークスキルです」

メッセージ……！

「お父様は天国から言葉を残すことが可能なのです。死後も目立ちたがり屋なのは変わりませんね。もちろんこれは、今ここで初めて使われるスキルです」

俺は愕然《がくぜん》とした。

死者からの通信。

そんなめちゃくちゃなスキルがあっていいのか⁉

「生きている間は無能力者と同じ。しかし間違いなく神の子。このイレギュラーすぎるスキルはワルドヘルツの継承問題に苛烈な傷跡を残しました。だからお父様は誰よりも争いのない継承者の決め方を考えていました。……それが【花嫁戦争】なのでしょうね」

マリアは大きく息を吸う。

「……この字は、間違いなくお父様のものです」

神の子って……なんでもアリなのかよ。

「さて読み上げましょう。お父様にしては簡潔な文ですね」


——メアリー　ワシハモウイイ。

——ハナヨメセンソウウツヅケロ。

——イザベル　オマエモサンカ。

——メッセージハ　フジユウダ。


「なるほど、お父様のスキルは不自由だと……でしたら天から政《まつりごと》をしてもらうことは不可能みたいですね。それでここに書かれている【花嫁戦争】ですが、これを続行させていただきます」

ここからのマリアの語調は険しくなる。まるで言葉の挑戦状だ。

「お姉様、わかりましたか？　実力行使はやめなさい。あなたは今指名手配されています、おとなしく王が許可を出している、この花嫁戦争に参加しなさい」

そしてこう続ける。

「イザベルお姉様も、良いお婿さんが見つかるといいですね」

その言葉には明らかな怒りが込められていた。

コツコツ……。

靴音を鳴らし、マリアは姿鏡の前に立つ。

「え……」

俺たちはどよめく。

……マリアの顔には痛々しい赤い火傷《やけど》の跡があった。

きっと回復魔法では癒えきらなかったのだろう。

その傷を見てなんとなく予感する。

もう二度と以前のような笑顔での放送ができないということを。

マリアが涼しい顔で口を開く。

「イザベルお姉様、ワタクシはあなたに勝ち、王権を獲《と》ります」

嫌になる。

【花嫁戦争】は国王が姉妹たちに血で血を洗う争いをして欲しくない願いを込めて提案した──そんな戦争。

そんな親心も知らず、第一王女のイザベルは親を殺害した。第二王女のマリアはそれを憎悪する。

……ワルドヘルツの後継者問題は、さらに混迷を極めるだろう。

俺たちはお店に向かって歩きだす。

バタン。

「ミオ？　いる？　って……ええ……」

ミオは倉庫の中で小さくなっていた。

ダンゴムシのように丸まっていた。

あ、これ先日のこと後悔しているんだ。恥ずかしくて。

ミオはこういうところがある。

結構素直に気持ちを伝えて、すぐに後悔するのだ。

「リュック……くん？」

ミオは赤い顔で、怯《おび》えながら振り向いた。

「先日の返事なんだけど」

「あ、あれ？　あの言葉聞こえてないわけじゃなかったの？」

ミオはあたふたとする。

聞こえてない。聞こえてないけど伝えてしまおう。

俺はミオの顔を見つめる。

「俺も、ミオのことが……」

このとき。

「リュック‼」

メアリーの声が聞こえてきた。

　喪服のメアリーだ。

「メアリー、どうしたの？」

「お父様の葬儀なのです。リュックも来なければならない立場なのですよ？」

「俺が？」

「当たり前なのです。リュックは、花嫁戦争に余のお婿さんとして参加しているのですから」

「あれって、イザベルを釣るための……！」

　メアリーはジト目で頬を膨らませる。

「国民の前でキスをさせて、それで逃げ切るつもりなのですか？」

「それはメアリーが勝手に！」

「とにかく、来てもらうのです。そうそう、新しい住まいを用意したのです。リュックと愛を育むために必要なのですよ」

「愛を育む⁉」

「そうです。余とリュックのための【愛の巣】なのです」

　メアリーはにこ〜っと良い笑顔を見せた。

　俺は抵抗しようとしたが、彼女の目の周りは赤くなっている。

　あ、そうかこれは空元気《からげんき》でもあるんだ。

　お父さんの死で悲しんでいるのを俺に見せないようにして……。

「「ちょっと待って！」」

クロエとミオは声を揃《そろ》えて言った。俺たちを一緒に住ませるのは抵抗があるらしい。

メアリーはそれを見通していたかのように言った。

「もちろん、皆様の部屋もあるのです。皆で同じところに住むのですよ、ついでにチエも住むのです！」

「ぐふふ、リュックたまと一緒……」

ぼわぁとチエさんが現れた。

えええええええええええええええ⁉

住むって、俺とメアリーと、ミオとクロエと、アリシアとキューンと、そしてチエさんが一緒に⁉

「余はオトナなので独り占めを好まないのです。リュックがどう女の人と接していようが、かまわないのですよ？」

「おかしい」そう訴えたが、メアリーは反撃した。

「余は《八枚花》なのですよ？　反論があるなら、ここまで上がって来いなのです」

権力は強い！

俺はため息をつく。

花嫁戦争の行方。イザベルの行方。そして俺の恋の行方。

そして魔王軍が用意しているという【始祖《しそ》ノ七兵団《しちへいだん》】と呼ばれる戦力の行方。

何が何だかわからないけれど、今は花嫁戦争に参加するしかないみたいだ。

王都に来て良かったのかな……俺がそう思っているとカランとドアの開く音がした。

お客様だ。

「しまった！　開店時間」

ミオは大急ぎでフロアに戻っていった。

王都に来て良かったかだって？

……良かったに決まっている。

ミオが楽しそうなんだから。

「ようこそ、九重《ここのえ》ノ御守屋《おまもりや》・二号店へ」

お客様に向けられたミオの笑顔は、いつもより眩《まぶ》しく見えた。

あとがき

こんにちは。筆者のちるとです。普段は漫画描きもしています。

本書『荷物持ちの脳筋無双』は講談社ラノベ文庫の方や読者の皆様のおかげで、第二巻を刊行することができました。

まだまだ未熟者ですが、物語の魅力が少しでも伝われればと思い執筆いたしました。

私がこの作品を思いついたときに、「ここまでは必ず書きたい！」と思っていたシーンがこの二巻にはたくさん含まれています。

たとえばミオがお店開きで頑張る話はずっと書きたかったです。

他にも熱いバトルや、コメディや、ラブコメがあって、夢みたいな作品を書かせていただきました。

それをイラストレーターのこるり先生に、素敵なヒロイン達を描いてもらい、本当に喜ばしいことです。いつも悶えさせていただいています。

清水銀閣《しみずぎんかく》先生によるコミカライズ連載も、「水曜日のシリウス」で始まり、自分の手から離れて、リュックやミオが描かれていくのは感無量です。

かなりダイナミックな画面なので、いつもかじりついて読んでおります。

本当に喜ばしいことばかりです。

今巻はキャラクターもかなり多くなり、ひとりひとりの魅力を引き出すのにかなり苦労しました。前巻の時点でレギュラーヒロインが四人いる状態で、今回も同じくらいの数のヒロインを増やすのはもはや暴挙と言っても良く、「みんなヒロインの名前を覚えられるのかな……」とビクビクしながら執筆しておりました。

それでも自分を「荷物持ちの脳筋無双だから、脳筋だからこれだけヒロインを増やしても大丈夫！」と鼓舞していました。

随分と「脳筋」の部分を盾にして好き勝手したものです。

こるり先生にもかなりのご負担を強いたと思いますが、エゴ全開で言わせてもらうと、私は可愛い女の子をたくさん描いてもらい、本当に嬉しかったです。

僕も執筆の能力をもっと上げて、ヒロイン百人とかやってみたいです！

キャラクターをたくさん出すのは本当に楽しいです。

普段の自分の漫画作品では「この子に活躍の場を与えることができるのかな」と不安になって、キャラをたくさん出すのをなかなか躊躇ってしまうのですが、今作では「脳筋」の部分を自分の中で上手く使って（脳筋はヒロインをたくさん出すの意ではないのだけれど）良い意味でタガを外せたのではないかと思います。

本当にここまで賑やかな作品が描けてよかったです。

またいつかお目にかかれますよう、精進します。

講談社ラノベ文庫

荷物《にもつ》持《も》ちの脳筋《のうきん》無双《むそう》2

ちると

2024年3月29日第1刷発行

発行者	森田浩章
発行所	株式会社　講談社 〒112-8001 東京都文京区音羽2-12-21
電話	出版　(03)5395-3715 販売　(03)5395-3605 業務　(03)5395-3603
デザイン	百足屋ユウコ+小久江厚(ムシカゴグラフィクス)
本文データ制作	講談社デジタル製作
印刷所	株式会社KPSプロダクツ
製本所	株式会社フォーネット社

KODANSHA

ISBN978-4-06-535440-7　N.D.C.913　333p　15㎝
定価はカバーに表示してあります

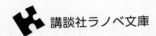

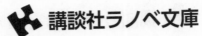

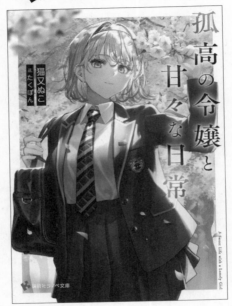

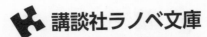

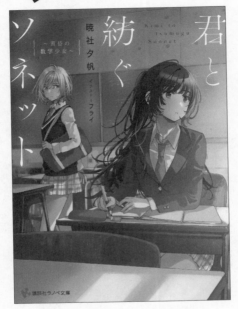

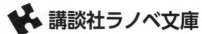

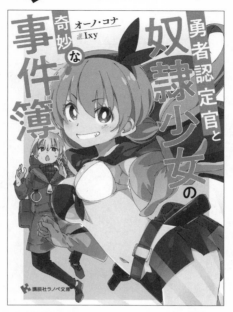

講談社ラノベ文庫

勇者と呼ばれた後に1〜2
―そして無双男は家族を創る―

著:空埜一樹　イラスト:さなだケイスイ

――これは、後日譚。魔王を倒した勇者の物語。
人間と魔族が争う世界――魔王軍を壊滅させたのは、ロイドという男だった。戦後、王により辺境の地の領主を命じられたロイドの元には皇帝竜が、【災厄の魔女】と呼ばれていた少女が、魔王の娘が集う。これは最強の勇者と呼ばれながらも自分自身の価値を見つけられなかったロイドが「家族」を見つける物語。